철없는 25살의 밑바닥 탈출기

어쩌다 카페 사장

철없는 25살의 밑바닥 탈출기

어쩌다 카페 사장

이세잎 지음

프롤로그

"카페 창업하면 뭐가 가장 힘들어요?"

사업용 공인 인증서에 문제가 생겨서 은행을 방문했다. 업무를 묵묵히 처리해주시던 은행원분이 다 끝날 때쯤 갑자기 자세를 낮추고 내게 은밀히 물었다.

"카페 창업하면 뭐가 가장 힘들어요?"

갑작스러운 질문에 당황했다. 그분은 투잡으로 카페 창업을 알아보고 있는데, 아직 확실히 결정하지 못한 채 3년 동안 생각만 하는 중이라고 했다. 내가 아는 한에서 도움이 될 만한 이야기를 해드리고 싶었지만 머릿속이 정돈되지 않았다. 그리고 내가 당황한 건 그 질문이 갑작스러워서만은 아니었다. 카페 창업하면 뭐가 가장 힘들까? '뭐가'라기보다 그냥 카페 창업 자체가 힘들다. 처음부터 끝까지 매일 매일이 힘든데……. 도무지 뭐라 답해드릴 수가 없었고, 나는 별 도움이 되지 못한 채 은행을 나왔다.

많은 사람들이 창업을 인생의 새로운 도약점이자 하나의 '기회'로 생각한다. 하지만 창업은 인생의 '위기'일 가능성이 몇 배는 높다. 그 승자가 될 것이라고 자만하며 시작한 창업은 내 인생의 위기 그 자체였다. '내 삶을 이렇게 마감할 수도 있겠구나', '영영 빚에 허덕이며 살 수도 있겠구나'란 생각이 든 건 오픈 첫날부터였다. 하지만 이렇게 죽을 수는 없었다. 나 하나 죽는 걸로 끝나지 않기 때문이다. 잘못 창업하면 가족 전체가 위기에 빠지는 게 지금 우리나라의 현주소다.

그래서 위기고 기회고 생각할 겨를 없이 일단 살기 위해 발버둥 쳤다. 살고자 하는 사람에게 죽으라는 법은 없다더니, 꽤 오랜 시간이 지나 위기는 기회가 되었다. 그래서 위기에 빠진 이들을 위해, 혹은 위기에 빠질 이들을 위해서 위기를 기회로 바꾸었던 내 이야기를 들려주려고 한다.

그러기 위해서는 가장 먼저 알아야 할 것이 있다. 만약 지금 상황에서 창업을 한다면 100명 중 95명 정도는 장사가 잘 안될 것이며 그중 대부분이 패닉에 빠질 것이다. 왜냐하면 안될 것을 생각하고 창업하는 사람은 없기 때문이다.

내가 너무 부족해서 장사가 안된다고 생각했는데 나의 삶은 대한민국 자영업자들 대부분의 삶이었다. 성공한 사업가들은 창업이 인생의 기회고, 열심히만 하면 잘될 것이라 말한다. 하지만 그렇지 않다. 그런 사람들은 아주 일부고 대부분이 처음부터 끝까지 장사가 안된다. 이 책은 거기서부터 바로잡고자 한다. 창업하면 장사가 안된다고 생각하고 시작해야 한다. 그걸 받아들이지 못하면 위기를 기회로 만들 수 없다.

나는 프랜차이즈 회사의 대표나 유명 사업가가 아니다. 그래서 그들만큼 여러 방면에 대한 지식이나 큰돈을 만든 경험은 없다. 하지만 그들이 잘 하지 않는 이야기 혹은 잘 모르는 이야기는 할 수 있다. 밑에 조직이 있으면 일이 분산되기 마련인데, 작은 가게의 사장들은 하나부터 열까지 본인이 다 해결하기 때문에 거시적인 안목은 부족해도 작은 부분들에서 강점이 있다고 생각한다.

그런 만큼 컨설턴트나 교수와 같은 저자들의 창업서에는 없는 이야기들을 담으려고 노력했다. 창업은 이론이 아니다. 매일매일 이론에 없는 이야기들이 펼쳐진다. 예를 들어 가게 용품을 구비해야 하는데 돈이 없다든가, 손님이 1인 1잔을 거부한다든가, 옆 가게 사장님들이 자꾸 염탐하러 온다든가…….

그래서 전문적이지 않다. '이 여자 말을 믿어도 되나?' 싶고 '야매'란 생각이 들 수도 있지만, 생계형 창업으로 체득한 '핵심 생존 전략' 정도로 이해한다면 제법 도움이 되지 않을까 싶다.

'일 매출 0원에서 140만 원'이라고는 하지만, 솔직히 다른 실용서의 저자들에 비하면 그다지 엄청난 성공도 아니다. 그러니 여느 성공 스토리를 기대한 독자에게는 실망감을 안겨줄 수도 있을 것 같다. 이 책은 어디까지나 밑바닥을 탈출하는 과정과 그 방법을 그린 창업 생존기로, 어쩌다 사장으로 쪽박을 찰 뻔한 한 청년이 어떻게 핫 플레이스 카페 사장이 되었는가에 대한 작은 이야기다. 성공기가 아니라 생존기인 이유 역시 객관적으로 엄청난 성공이 아니기 때문이라는 점도 있지만, 어디까지나 그 과정을 나누고픈 마음이기 때문이다. 그리고 솔직히 누가 돈 벌었다는 이야기에 사람들은 그다지 관심이 없다. 어떻게 벌었느냐가 궁

금할 뿐.

나는 역전의 기회를 상징하는 '9회말 2아웃'이라는 말을 좋아한다. 늦었다고 생각할 때, 어렵다고 판단되는 상황에도 역전의 기회는 늘 있다. 단 역전의 기회를 바란다면 어떻게든 9회말까지 가야 한다. 창업도 마찬가지다. 일단 하루하루 살아남는 데 성공한다면, 위기를 기회로 바꿀 순간이 찾아온다. 나는 그렇게 믿는다.

차례

/ 3장 / 설계도에 따라 집 짓기 _ 상권, 인테리어

/ 4장 / 본격적인 손님맞이 준비 _ 메뉴

/ 5장 / 우리 집에 어서 오세요 _ 마케팅

/ 6장 / 우리 집에 또 오세요 _ 고객 관리

/ 1장 /

장사가
안된다

/ 어쩌다 창업, 예정된 결과 /

2016년 10월 9일. 25년 인생에 가장 큰 불행이 닥친, 내 인생에 가장 절망적인 날. 이날은 바로 8월부터 준비한 카페의 오픈일이었다. 그 전날 밤을 꼬박 새웠지만, 부푼 기대감으로 조금도 힘들지 않았다. 하지만 그로부터 몇 시간 후, 나는 죽고 싶을 만큼 스스로를 원망하며 두려움에 떨게 되었다.

아직도 기억이 생생하다. 오픈하고 첫날 하루 매출 '24,400원'. 딱 세 테이블의 주문이 끝이었다. 가게를 마감하고 나설 때부터 이미 눈물은 흐르고 있었고, 집에 도착했을 때까지 멈추지 않았다. 침대에 누워서도 계속 심장이 뛰는 탓에 속이 울렁거려 도저히 잠을 잘 수가 없었다. 결국 나는 평소 마시지도 않는 소주를 한 병 반가량 비우고 베개를 적시며 잠이 들었다. 다음 날도 그 다음 날도 비슷했다. 텅 빈 매장 안에 홀로 있다 보니 갑자기 숨이 가빠졌다. 이런 게 공황장애인가……. 이러다 스트레스로 죽는 건 아닌지 몹시 두려웠다.

정치외교학을 전공하며 사회평론가를 꿈꾸던 내가 졸업을 5개월 앞두고 카페를 창업한 건 참으로 미스터리다. 인생은 아이러니라더니 나에게 창업은 우연히 운명처럼 찾아왔다. 중요한 건 우연이냐 운명이냐가 아닌 객관적으로 말해 나는 전형적인 '어쩌다 사장'이었다는 것이다. 어쩌다 사장은 '묻지 마 창업'과 같은 맥락으로, 준비 없이 창업에 뛰어들어 결국 폐업으로 이어질 수밖에 없는 자영업자들을 가리키는 말이다. 꼭 나를 위한 말 같았다.

'이태백 시대'인 데다가 취업 취약계층에 속하는 나는, 취업의 막막함과 대학원 진학의 좌절로 카페 창업의 길을 선택했다. 대학원 진학을 앞두고 있던 와중에 언니의 결혼이 생각보다 앞당겨졌다. 언니의 결혼을 축하해주기가 무섭게 생각지도 못한 불똥이 나에게 튀었다. 그렇게 여유 있는 집이 아니던 터라 대학원 진학을 내년으로 미루라는 것이었다. 언니에게 양보해야 함이 맞지만, 당장 등록만 하면 되는 상황에서 그럴 수 없다는 실망감은 좌절로까지 이어졌다. '다시 또 준비해서 1년 뒤에 가라고? 다른 애들은 이미 대학원 들어갔거나 취직했을 텐데 나만 뒤처지잖아.' 그러면서도 지독하게 철딱서니 없이 스스로 학비를 버는 고생은 하기 싫었다. 그저 하염없이 내 처지를 한탄하기만 했다. 그때 방황하며 자주 갔던 곳이 바로 지금의 내 카페다. 그 다음은 모두가 예상 가능한 시나리오.

자연스럽게 사장님과 친해지고 나서부터, '개인 사정으로 가게를 내놓을 건데(장사가 안돼서는 절대 아니고), 단골인 아가씨한테는 특별히 더 싸게 팔겠다'는 사장님의 브리핑이 며칠간 이어졌다. 그렇게 우연한 대화는 내 마음에 불을 지폈다. 그리도 원했던 공부였지만, 어차피 대학원을 졸업해도 취업하기 쉽지 않은 전공이었기에 마음이 흔들렸다. 어쩌면 다시 입학시험을 준비할 자신이 없거나 그러고 싶지 않았던 것인지도 모른다. 아무튼 온갖 핑계를 대며 '그래, 장사나 해서 돈을 벌어야겠다'라는 선택 쪽으로 기울어갔고, 그렇게 대학원 진학의 좌절로 인한 방황은 생뚱맞게도 창업으로 결론지어졌다.

당시 나는 카페 아르바이트 경력이 4년가량 되었고, 베이커리 아르바이트도 오래 했었다. 그래서 카페 운영이 어려운 일이라고는 생각되지 않았다. 거기다 사장님은 '아가씨는 야무져서 자기보다 훨씬 잘할 것'이라며 계속해서 부채질을 해댔다. 지금 생각하면 내가 호구인 줄도 모르고 자신감에 으쓱했다. 그리고 카페가 꽤 괜찮았다. 단골도 제법 있었고 건물도 깨끗했다. 가게를 인수하는 금액이 크지도 않았고 인수해서 손봐야 하는 부분도 많지 않아 보였다. 큰 돈을 벌겠다는 욕심도 없었다. 혼자서 운영하며 나의 인건비를 월급처럼 벌고 어느 정도 대학원 학비를 모으고 나면 가게를 양도해 처분할 생각이었다.

결국 경영 공부 한 번 한 적 없고 창업에 관심도 없던 나는, 2년 치 대학원 등록금에 달하는 금액을 겁도 없이 대출받아 묻지 마 창업을 했다. 학비를 목적으로 받는 대출은 무서웠는데 창업을 위한 대출은 가뿐했다. 창업하면 금세 돈을 벌어 대출금을 갚을 수 있을 것이라는 깜찍한 생각 때문이었다. 그렇게 준비도 각오도 없이 현실 도피형 어쩌다 사장이 등장했다.

이런 안일한 창업에도 불구하고 천운으로 장사가 잘되기라도 했으면 모를까, 결과는 안 봐도 비디오였다. 순진하고도 멍청한 생각의 결과는 첫날부터 혹독했다. 무지의 대가가 이리도 크다니. 전공 수업 때 사회적으로 자영업의 문제가 얼마나 큰지 귀에 못이 박히도록 배웠는데, 역시 사람은 자기 일이 돼봐야 아는 것이었다.

/ 로망이 아닌 현실 /

그제야 부랴부랴 현실을 파악하기 시작했다. 어쩌다 사장은 비단 나만의 일이 아니었다. 정도의 차이만 있을 뿐, 대부분의 사람들이 준비가 안 된 상태로 창업을 한다는 게 현실이었다. 〈백종원의 골목식당〉이 방영되자 해당 업주들을 향해 어떻게 저렇게 준비도 안 하고 장사를 하냐는 댓글이 쏟아졌다. 애석하게도 방송에 소개된 가게들은 아주 희귀한 케이스가 아니다. 많은 사람들이 오랜 계획과 준비 기간을 거친 창업이 아닌, 자신들이 처한 상황에서 등 떠밀려 뛰어드는 창업 혹은 충동적인 창업을 하게 된다. 직장생활에 대한 회의감, 취업에 대한 막막함, 다가오는 퇴직 등 사람들의 고민은 결국 '나도 장사나 해볼까?'로 귀결되며

수많은 어쩌다 사장들을 낳는다.

아무리 진입 장벽이 낮아도 공급이 과잉되면 살아남기 어려운 게 시장의 생리다. 따라서 자영업 포화 상태일 수밖에 없는 우리나라의 사회적 구조 안에서 창업을 한다는 건, 탄탄한 준비 과정과 단단한 마음가짐 모두를 요하는 일이다. 그러나 많은 사람들이 자영업 시장의 어려움을 매일 뉴스로 접하면서도 철저한 준비 없이 쉽게 창업에 도전한다.

원래 우리나라의 창업 시장이 이렇게까지 과포화 상태는 아니었다. 90년대 말 금융 위기를 맞으며 부도, 대량 해고로 사회에 양질의 일자리가 급격히 줄어들자 특별한 기술 없이도 할 수 있는 외식 업종으로 사람들이 몰렸다. 취업과 창업이라는 두 갈래 길에서, 취업 시장의 파이가 줄어드니 사람들이 창업 시장으로 몰리는 건 자연스러운 일이었다.

금융 위기의 여파가 가신 이후에도 일자리 시장의 상황은 나아지기는커녕 더욱 악화되어갔다. 이른 퇴직을 맞이한 사람들, 취업난에 지친 청년들, 높은 노동 강도에 지친 직장인들까지 진입 장벽이 낮은 자영업으로 뛰어들었다. 그들 대부분이 원래부터 카페 사장님, 고깃집 사장님, 치킨집 사장님이 꿈이었던 건 아닐 것이다. 떠밀리듯 시작하니 오랜 준비 기간도, 그 분야에 대한 지식과 경험, 하물며 애착도 없이 창업이 이루어질 수밖에 없다. 그리고 그렇게 안일하게 창업한 가게 대부분이 험난한 레드오션에서 살아남지 못하고 쓸쓸히 폐업을 맞이한다.

하지만 이 현상이 다만 사회 구조적인 문제 때문만일까? 사람은 원래 내가 보고 싶은 것만 보고, 듣고 싶은 것만 듣는 법이다. 폐업이 줄을 잇고 있다는 것, 최저임금 노동자보다도 수익이 적은 자영업자들이 굉장히 많다는 것, 명동과 강남 같은 메인 상권도 권리금을 없앨 정도로 자영업이 어렵다는 현실적인 이야기보다는, 백종원 씨, 홍석천 씨 같은 '장사의 신'들의 성공 사례에 더 집중한다.

성공 사례에만 귀를 기울이면 창업을 현실로 볼 수 없다. 그리고 그 편향된 시각이 비록 처음엔 어려울지라도 노력하면 나도 그들처럼 될 것이라는 생각을 품게 만든다. 애초에 이런 생각으로 창업 정보를 습득하니 내가 원하는 사례만을 선택적으로 받아들이는 이른바 '답정너'가 되는 것이다.

사람은 지극히 자기중심적이어서 본인은 다를 것이라고 생각한다. 근거는 없다. 그냥 자신은 남들과 다르며, 남들이 겪는 비극이 자신에게는 일어나지 않을 것이라고 생각한다. 나 역시 그러한 생각을 바탕으로 창업을 결정했다. 장사가 안되는 카페들은 사장이 열심히 하지 않는 것이라고 생각했다. '열심히 하고 잘하면 왜 손님이 없겠어? 나도 하루에 커피 한 잔은 꼬박꼬박 사 먹는데? 엄청난 대박은 아니더라도 유지비에 생활비 정도는 무난히 벌 수 있지 않을까?' 지금 돌아보면 어디 가서 말하기도 부끄러운 경솔한 생각이었다. 실제 자영업자로 살아보며 많은 자영업자들을 만나고 나니 우리나라에서 자영업자들만큼 치열하게 하루하루를 보내는 이들도 없었다.

현실을 직시하지 못하고 성공 사례에 자신을 대입해 환상을 좇은 것이 큰 실수였다. 자신은 남들과 다를 것이라는 생각은 그 자체로 무지이자 오만이다. 나는 빈틈없는 준비로 시작해야 하는 창업을 어림짐작과 근거 없는 자신감으로 시작했으니 이 꼴이 날 수밖에. 첫날 매출 2만 원대를 기록한 것은 그저 시작에 불과했다. 그 이후로도 그와 별다를 것 없는 매출을 기록하며 눈물로 하루하루를 보냈다. 스스로 얼마나 멍청했는지를 순식간에 깨달았고, 그 무지와 오만에 대한 벌로 바닥 친 매출이 꽤 오랜 기간 이어졌다.

/ 장사가 안되면 얼마나 안되겠어? /

오픈하고 2주 정도 된 날이었다. 매장은 하루 종일 고요했다. 적응이 빠른 나는 착잡한 마음을 애써 누르고 해야 할 일들을 정리하며 손님을 기다렸다. 초겨울이 시작될 무렵이라 그런지 날이 정말 추웠다. 오후가 지나고 저녁 시간이 다 되어가는데도 손님이 없었다. 어느새 시계는 9시를 가리키고 있었다. 사실상 9시까지 손님이 없는 경우 더 이상 새 주문이 들어올 가능성은 매우 적었다. 아무리 그래도 한 잔도 못 파는 건 말이 안 된다. 근처에 11시 이후까지 하는 카페가 없는지라 12시까지라도 불을 켜놓을 각오였다.

그리고 그날은 믿기지 않게도 매출 '0원'을 기록했다.

창업 전 장사가 안될 수도 있다는 것을 생각하지 못한 건 아니었다. '그래도 직장인 월급보다는 낫지 않을까? 아니, 하다못해 아르바이트했던 것보다는 낫지 않을까?' 하지만 현실은 나의 상상을 초월했다.

실제로 통계에 의하면 우리나라 자영업자 60%의 1년 총매출이 4,000만 원 이하라고 한다. 순수익이 아니라 '총매출'이다. 임대료, 인건비, 원재료비, 전기세, 세금 등을 제외하면 대다수가 직장인 초봉, 최저시급도 벌지 못한다는 뜻이다. 큰돈 벌 생각은 없다며 '이 정도쯤이야'라는 생각으로 자신 있게 카페를 창업했지만, 현실은 사회에서 규정한 가장 작은 돈마저 꿈꿀 수 없게 했다. 그것이 나의 무지와 오만에 가려 볼 수 없었던 대한민국 사장님의 현실이었다.

새벽 2시가 가까워지도록 매장에 남아 홀로 멍하니 앉아 있었다. 맥이 빠진다는 게 이런 말이구나. 집에 가야 하는데 일어설 수조차 없을 정도로 몸에 힘이 하나도 없었다. 오픈 이후 나는 줄곧 왜 철딱서니 없게 창업을 해서는 이 상황을 만드냐며 스스로를 원망해왔다. 나 하나 힘든 것도 모자라 가족과 지인들에게까지 심한 걱정을 끼치고 있는 상황이었기 때문이다. '무식하면 용감하다더니, 나가 죽어라, 죽어라!' 자학에 가까운 울분을 토하며 하루하루를 보내고 있었다. 하지만 이날만은 처음으로 내가 아닌 하늘을 원망했다. '아무리 내가 부족하다지만, 이건 너무 심하잖아!' 종교도 없는 주제에 하늘을 쳐다보면서 계속 중얼거렸다.

그런데 신기하게도 눈물이 나지 않았다. 너무나도 참담한 상황인지라 오픈하고부터 울지 않은 날을 손에 꼽을 정도였다. 그런데 이제는 하다 하다 0원이라는 매출을 마주하고 있으니 이상하게 피식피식 웃음이 새어 나왔다. 드디어

미친 건가 싶을 정도로 웃음이 났다. 그리고 잠시 후 웃음이 그치자, 마음속에서 뜨거운 무언가가 올라왔다. '이제는 더 이상 내려갈 곳도 없네? 그럼 올라갈 일만 남은 거야. 앞으로는 뭘 해도 이것보다는 낫겠지.' 바닥을 쳐보니 세상과의 전투 의지가 솟구쳐올랐다. '그래, 네가 이기나 내가 이기나 해보자!' 그날 결심했다. 이곳 카페들 중 최고가 되겠다고. 지금은 손님들로 가득한 다른 카페들을 부러워하고 있지만, 언젠가 저 카페 사장님들이 나를 부러워하게 만들겠다고.

오전 11시에 문을 열어 새벽 2시에 마감하기까지 15시간 동안의 매출 '0원'. 이날의 이야기를 남들한테 들려주면, 0원을 파는 게 말이 되냐면서 도통 믿어주질 않는다. 하지만 '웃프게도' 실화다. 그리고 그날을 기점으로 나는 바뀌었다. 그 전까지 나는 '이제 25살인데 이러다 빚지고 인생 망하면 어떡하지' 하며 엄청난 공포에 질려 있었다. 오죽하면 내일 장사 걱정에 그 짧은 기간 동안 몸무게가 4kg이나 빠졌었다. 하지만 그날 이후부터는 앞으로 마주할 날들이 이전만큼은 두렵지 않았다.

"0원을 팔았는데 더 안돼봤자 얼마나 안되겠어? 덕분에 엄청난 맷집과 원대한 꿈을 단 2주 만에 얻었잖아!"

그렇게 '0원'이라는 매출은 새로운 출발점이자 진정한 시작점이 되었다.

/ 이렇게 끝낼 수는 없다 /

혹여나 한 테이블이라도 더 받을 수 있을까, 새벽 2시까지 불을 켜놓으며 하루도 문을 닫지 않고 홀로 가게를 지켰다. 그래봤자 매출은 10만 원에 닿을락 말락 했다. 주변 사람들은 나에게 참 독하다며 '멘탈갑'이라고 말했다. 스스로 생각해도 25살에 사회 경험도 없는 내가 무슨 깡으로 그렇게 버틸 수 있었는지 참 의아하다. 너무 심한 충격을 받아서 사람이 좀 이상해진 건가 싶을 수도 있겠지만, 사실 나를 버티게 한 건 타고난 내 '자존심'과 '가난'이었다.

남들이 카페 차린 이유를 물으면 원래 하고 싶었던 일이라고 포장했지만, 나에게 있어 창업은 도전이 아니라 도피였다. 묻지 마 창업, 어쩌다 사장이면서 남들 눈에 한심해 보일까 봐 그럴싸하게 둘러댄 것이다. 그런데 만약 어려움을 이겨내지 못하고 빠르게 폐업하게 된다면 "취업 안 되니까 부모님이 해주신 거 아니야? 근데 망했다며?"라고 주위에서 수군거릴 것만 같았다.

나는 자존심이 세고 자기애가 강한 편이다. 그런 내가 가뜩이나 도피성 창업으로 자괴감을 느끼는 것도 모자라, 패배자로 인식되어 남들 안줏거리가 되는 일은 목에 칼이 들어와도 싫었다. 이렇게 끝낼 수는 없었다.

이보다 더 큰 이유는 가난이었다. 남들은 내가 어린 나이에 카페 사장이 된 걸 보고 '부모님이 하나 차려주셨구나', '집이 좀 사나 보다'라고 생각하지만, 창업에 필요한 돈은 100% 전부 대출이었다. 나는 정확히 표현하자면 '흙수저'에 가깝다. 대학원에 가면 최소 2~3년은 수입이 없을 텐데, 우리 집은 내가 하루빨리 자립해서 도움을 드려야 하는 상황이었다. 그래서 '이왕 이렇게 된 거 기회라고 생각하고, 장사로 성공해서 부모님께 보탬이 되자'는 마음이 창업을 결정하게 한 중요한 이유였다. 하지만 야무진 각오와는 반대로 매일 표정 없는 얼굴에 밥도 안 먹고(사실 당시에는 밥 사 먹을 돈이 없었다) 갈비뼈는 앙상하게 드러나, 오히려 부모님 가슴에 큰 못을 박았다. 같이 살다 보니 부모님도 내 상황을 다 아셨고, 어린 네가 창업한다 했을 때 부모로서 말렸어야 했는데 그러지 못했다며 당신을 원망하셨다. 내 무모함으로 부모님 속을 뭉그러뜨린 것만으로도 이미 충분했다. 그런데 이대로 가다가는 경제적인 부담까지 짊어지울 수도 있다고 생각하니 한강 물에 뛰어들고 싶은 심정이었다.

우리 둘째 딸은 야무지다며, 창업하겠다는 나를 믿어주고 지지해주신 엄마 얼굴을 떠올리면 포기라는 건 생각할 수 없었다. 너무 힘들면 그만두고 오라며 본인이 더 괴로워하시던 엄마. 월세 낼 돈이 부족할 때면 선뜻 본인의 쌈짓돈을 내어주시던 엄마를 생각하면 반드시 성공해야만 했다. 마음고생하신 걸 갚으려면 어떻게 해서든 이 상황을 이겨내는 수밖에 없었다. 이렇게 끝낼 수는 없었다.

장사가 안되는 그 공포는 겪어보지 않으면 모른다. '이번 달 월세는 어떡하나'를 시작으로 뉴스나 다큐에서 다뤄지는 비관적인 이야기로까지, 걱정이 눈덩이처럼 불어난다. 그러다 보면 '이러다가 내 인생 망하는 거 아닌가', '더 빚지기 전에, 더 시간 낭비하기 전에 여기서 그만두는 게 낫지 않을까' 하며 자기 합리화를 하기에 이른다. 그래서 상당수의 사람들이 일찌감치 폐업을 결정하는 것이다.

이를 극복하기 위해서는 스스로 끊임없이 동기를 부여하는 방법밖에 없다. 참담한 상황을 간절함으로 하루하루 극복하는 것이다. 실제로 우리나라 자영업의 폐업률을 보면, 창업 후 1년 이내에 폐업하는 비율이 가장 높다. 창업을 하면 아주 극소수를 제외하고는 대부분 예상한 것보다 훨씬 더 어려운 현실을 이겨내지 못한다는 뜻이다. 따라서 창업의 성공 여부는 초반의 고전 속에서 사장이 얼마나 멘탈 관리를 잘하느냐에 달려 있다. 사장도 사람이기 때문에 초기의 열정이 계속해서 타오르기는 힘들고, 처음부터 '강철 멘탈'을 갖추기도 어렵다. 그럴 때마다 절대 포기할 수 없는 이유들을 끊임없이 상기하고 주문처럼 되새기며 자기 자신을 세뇌하는 것이다.

"이렇게 끝낼 수는 없다."

/ 초보 사장의 마음가짐 /

나의 오기와 열정에 콧방귀라도 뀌듯, 날이 지나도 손님은 늘어나질 않았다. 매일을 산송장처럼 지내는 나에게 주변 사람들은, 자리 잡는 기간이니 조금 지나면 손님이 늘어날 거라고 위로했다. 정말 고마운 말이지만, 당사자 입장에서는 그런 위로가 때론 속을 뒤집어놓는 말처럼 들리기도 한다. 상가에서 쫓겨날 상황에 놓여보면 부처님처럼 느긋한 마음으로 손님을 기다릴 수가 없다.

한가한 매장의 사장이 가장 많이 하는 일은 비교와 염탐이다. 친구가 놀러 오면 옆 카페에 손님이 많은지 슬쩍 보고 오도록 시키곤 했다. 그게 왜 그리도 궁금하던지. 하지만 그럴 때마다 차라리 모르는 게 나았을 정도로 늘 우리 카페만 한가했다. '별로 달라 보이는 것도 없는데, 왜 우리만 손님이 없을까?' 매일같이 '왜, 왜, 왜'거리던 나에게 어느 날 엄마가 말씀하셨다.

"저 옆 가게들은 너보다 더 오래전에 문을 열었잖니? 그들도 너와 똑같은 상황을 겪고 이겨내서 저 자리에 남아 있는 거잖아. 그런데 네가 시작하자마자 바로 저 사람들이랑 같은 결과를 얻길 바라는 건 욕심이지 않니?"

어쩌면 나는 창업을 하면 끝이라고 생각했는지도 모른다. 가게가 열려 있으면 커피를 마시고 싶은 손님들이 알아서 찾아올 것이라고 생각했다. 오픈만 하면 창업과 관련된 준비는 모두 끝난 것이고, 이제부터 매일매일 손님만 받으면 된다고 생각했다.

창업은 매우 쉽다. 위생 교육을 받고, 구청과 세무서에 한 번씩만 갔다 오면 사업자 등록증을 받을 수 있다. 상가도 간판도 커피 머신도, 모두 돈만 있으면 뚝딱 얻을 수 있다. 그러나 창업은 쉽지만, '창업으로 돈을 버는 것'은 매우 어려운 일이다. 자본이 있다고 해서 장사를 할 수 있는 것이 아니었다. 숱한 시행착오를 겪으며 무수한 아이디어와 노력, 시간이 합쳐져야 진짜 '돈 버는 장사'를 할 수 있었다.

창업의 진짜 시작은 오픈하고 나서부터였고, 매일매일을 시작과 같은 자세로 임해야 했다. 누구보다 열심히 해야 하는 신참이 오기만 가득하고 정작 행동은 하지 않았다. 포기하지 않기로 마음먹었다면 이제는 초보 사장으로서 '시켜만 주십시오. 무엇이든 다 하겠습니다'라는 자세로 열심히 기어나가야 했다. 내가 얼마나 부족한 사장인지는 충분히 잘 알았으니, 더 이상 자책이나 비교는 무의미했다. 이제는 내 가게로 시선을 돌릴 때였다.

/ 2장 /

탄탄한 설계도 그리기 _ 콘셉트, 타깃

/ 내 카페의 문제가 뭘까? /

장사가 안되면 생계와 관련된 걱정으로 가장 힘들다. 하지만 그것과는 별개로, 자신이 노력한 결과물이 사람들에게 외면당할 때 느끼는 비참함도 무시할 수 없다. 그럴 때 사람들은 자기 연민에 휩싸여 문제의 원인을 외부로 돌리곤 한다. 내 가게의 문제가 아닌 경기가 어려워서, 다른 경쟁 업체 때문에, 손님들이 가치를 알아주지 않아서 등등 자기 합리화를 하기 시작한다. 물론 타당한 말이다. 장사는 나의 노력만큼이나 외부 요인 또한 크게 작용하기 때문이다. 하지만 자기 연민과 자기 합리화로 얻을 수 있는 것은 아무것도 없다. 애석하게도 장사가 안되는 건, 외부 요인보다는 내 가게의 문제일 가능성이 훨씬 크다. 그렇다고 해서 자책할 필요는 없다. 그 누구도 처음부터 완벽할 수는 없는 법. 다시 마음을 다잡고, 내 가게를 냉정하게 점검하면 되는 것이다.

포스기에 찍힌 매출은, 찬물 한 바가지를 확 끼얹은 듯

내 시야를 또렷하게 해주었다. 자신만만하게 카페를 차려 놨는데 이제 와서 보니 총체적 난국 그 자체였다. '아니, 단 며칠만으로도 이렇게 잘 보이는데, 왜 준비할 때는 몰랐지? 뭐에 씌었던 게 분명해.'

2층 카페인데 멋 부리느라 간판은 잘 보이지도 않는 데다가 인테리어는 어중간했고, 메뉴 구성도 평범했다. 돈이 없으니 홍보 마케팅은 꿈도 못 꿨다. 마음은 조급한데 어디서부터 손을 대야 할지 엄두가 나질 않았다. '인테리어 소품을 몇 개 사볼까?' '밖에 커다랗게 할인 이벤트를 한다고 써 붙여볼까?' 하지만 부분 부분을 애매하게 수정하는 것은 위험하다는 생각이 들었다. 그렇게 해서 해결될 상황이 아니었다. 땜질한 배는 언젠가 반드시 가라앉기 마련이다. 시간이 걸리더라도 처음부터 다시 설계하기로 마음먹었다. 순서가 좀 이상하긴 하지만, 창업을 준비하는 그 당시로 돌아가 하나하나 점검하고 다시 세워나가기로 한 것이다. 그렇게 창업 후에야 '진정한 창업 준비'가 시작되었다.

/ 사업 계획서는 없어도 이것만은 /

창업을 결심하고 준비 단계로 들어섰을 때 가장 먼저 해야 할 일은 무엇일까? 아마도 업종을 불문하고 '사업 계획서'를 작성하는 일일 것이다. 기본 중의 기본이지만 대부분의 사람들이 놓치는 작업이다. 특히 자영업에서는 더욱 그렇다. 우리 주변에서 흔히 접하는 업종이고, 규모도 크지 않아서 '기업도 아니고, 작은 가게에 무슨 사업 계획서?'라는 생각에 지나쳐버리는 것이다.

필요성을 잘 아는 경우라 할지라도, 사업 계획서를 쓰는 건 아주 귀찮고 불편한 일이다. 한마디로 내 사업에 대해서 분석하는 것인데, 쓰다 보면 이 사업은 하면 안 될 것 같다는 생각이 절로 든다. 자기소개서는 내가 얼마나 유능한 사람인지를 부각시키는 것이라면, 사업 계획서는 약점까지 아주 세세하게 드러내야 하기 때문에 '이거 뭐, 하면 안 되겠는데?'라는 생각이 들면서 덮어버리고 싶어진다.

작성하면야 더할 나위 없이 좋긴 하겠으나, 작은 카페에 사업 계획서는 사실 조금 거창한 면이 없지 않아 있다. 실제로 작지만 강한 가게들을 봐도 그들이 철저한 사업 계획서를 바탕으로 창업했을 것이라는 생각은 들지 않는다. 하지만 그들이 반드시 놓치지 않는 부분이 있다. 바로 '콘셉트'와 '타깃'이다.

먼저 이 공간이 어떤 공간인지에 대한 정의가 있어야 그러한 공간을 필요로 하는 사람들이 찾아올 것이다. 이때 그 정의가 바로 콘셉트며, 그 공간의 주요 고객이 되는 사람들이 타깃이다. 이것이 창업의 뼈대다.

많은 사람들이 인테리어, 메뉴, 마케팅 등 각각의 요소들을 따로따로 생각해서 고민하곤 하는데, 사실 이들은 하나가 되었을 때 그 힘을 발휘한다. 그래서 콘셉트와 타깃이 확실해야 한다. 콘셉트와 타깃은 조직의 리더, 스포츠 팀의 감독, 배의 선장과 같이 각 요소들이 조화를 이루도록 지휘하는 역할이다. 그런 역할이 없으면 아무리 공들여도 총체적 난국일 수밖에 없다.

그래서 창업을 준비할 때 '카페의 콘셉트가 명확한 것'과 인테리어 혹은 메뉴 등 '어느 한 가지의 요소만 명확한 것'을 구분할 줄 알아야 한다. 만약 케이크가 메인 아이템이라 할지라도 그 요소에만 매달리기보다는 '맛있는 케이크가 생각날 때 가고 싶은 카페'라는 식의 콘셉트를 먼저 잡고, 20대 여성이나 30~40대 여성 등 누굴 상대로 할 것인지 타깃을 정해야 한다는 뜻이다.

또한 콘셉트와 타깃은 창업자의 편의를 위해서라도 반드시 구체화해야 한다. 이 두 가지가 정해지면 인테리어, 메뉴, 서비스, 마케팅 등 실전에서 생기는 고민의 폭이 줄어들기 때문이다. 그뿐 아니라 영업 중간에 경영 위기를 겪거나 중대한 선택을 해야 하는 상황에서 정답을 알려주기도 한다. 말하자면 콘셉트와 타깃은 사업의 '지도'다. 위기 상황에서 훌륭한 내비게이션 역할을 하는 것이다. 여러 가지를 전부 고려하기 힘들 때 콘셉트와 타깃 이 두 가지만 생각하면, 모든 요소들이 알아서 제자리를 찾는다.

그러고 보니 내 카페는 부분적인 요소들은 어느 정도 갖추었으나 콘셉트와 타깃이 명확하지 않았다. 우리 카페가 어떤 카페인지, 어떤 이들을 위한 카페인지에 대해서 한 번도 생각해본 적이 없었다.

그렇다면 콘셉트와 타깃을 어떻게 정해야 할까? 그러기 위해서는 공부해야 할 것이 조금 있다. 사업 계획서는 필요 없지만 콘셉트와 타깃 이 두 가지는 꼭 필요하듯, 대단한 경영 공부는 아니더라도 알아두면 유용한 세 가지. 이 세 가지를 알면 콘셉트와 타깃을 쉽게 정할 수 있고, 동시에 콘셉트와 타깃의 중요성도 다시 한번 느낄 수 있을 것이다.

◆ 업종 분석 : 간단한 물음에 대한 대답

시험공부 하던 때를 생각하면 무조건 공부를 많이 한다고 해서 점수가 높은 것이 아니라, 출제 경향을 파악하고 접근해야 훨씬 효과적이었다. 창업도 역시 이미 드러나 있는 업종의 특징을 이해하면 더 효율적이고 성공적인 창업이 가능하다. 내가 창업하려는 업종에 대해서 공부하는 것, 이것이 '업종 분석'이다.

옆 카페가 무엇을 하는지는 열심히 들여다봐도 자신의 업종에 대해서 깊이 고찰해보는 사람은 생각보다 많지 않다. 하지만 나의 적은 옆 카페가 아니다. 나의 진짜 적은 내가 도전하는 카페라는 '업종'이다. 따라서 적을 알고 전투에 임하기 위해서는 업종 분석이 꼭 필요하다.

외식 업종은 우리 주변에 흔하기 때문에 특별히 공부해야 할 필요성을 느끼지 못하고 이미 잘 알고 있다며 자만하기 쉽다. 그러나 판매하는 입장에서는, 보아야 할 관점이 소비자일 때와는 아예 다르다. 그런 차이를 인식하지 못하니 많은 사람들이 카페 하면 커피만을 연상하고, 커피를 만들 줄만 알면 된다는 생각으로 창업을 하는 것이다.

업종 분석은 어렵지 않다. '카페란 무엇일까?' 이 간단한 물음에 답하기만 하면 된다. 카페란 무엇일까? 사람들은 왜 카페에 갈까? 만약 무더운 여름에 타는 듯한 갈증을 느끼고 있다면, 가장 먼저 눈에 띄는 카페나 에어컨이 빵빵한 카페를 찾을 것이다. 차분하게 책을 읽고 싶은데 집에서는 도무지 집중이 되지 않는다면, 조용한 분위기의 카페를 떠올릴 것이다. 리포트 과제를 해야 한다면, 아무래도 노트북을 들고 가도 눈치 보이지 않고 장시간 앉아 있기에 편한 대형 프랜차이즈 카페를 방문할 것이다. 주말에 친구를 만난다면, '인생 샷'을 건질 만한 예쁜 카페를 물색할 것이다.

카페의 사전적 정의는 '간단한 식음료를 판매하는 공간'이다. 하지만 곰곰이 생각해보니 우리의 일상 속에서 카페는 단순히 식음료를 소비하는 것보다 더 큰 의미를 지니고 있었다. 위의 예시를 잘 보면, 우리나라에서 카페는 식음료의 소비를 넘어서 '공간'을 소비하는 형태로 발전했다는 것을 알 수 있다. 소비자가 같은 외식 업종인 식당이나 주점에 가는 이유는 명확하다. 식사를 하기 위해서, 술을 마시기 위해서다. 삼겹살이 먹고 싶으면 돼지고기 전문점에 갈 것이고, 따뜻한 사케가 마시고 싶으면 선술집에 갈 것이다. 그런데 같은 외식 업종임에도 불구하고 카페는 판매하는 식음료만이 방문 목적은 아니다.

해외여행 중에 카페를 갔던 기억을 떠올려보았다. 대부분 음료와 간단한 식사를 즐기는 사람들뿐이었다. 우리나라처럼 음료를 이리저리 옮겨가며 사진을 찍지도 않고, 노트북을 붙들고 몇 시간씩 작업하는 사람도 보기 드물었다. 이처럼 같은 산업일지라도 나라마다 다르게 발전하며 소비자들에게 다른 모습으로 인식된다. 그리고 소비자들이 어떻게 인식하고 있는지는 곧 그들이 어떻게 소비하는지로 이어진다.

판매자의 입장에서 몇 주간 카페를 운영해보니, 정말 커피만을 마시기 위해 카페를 찾는 손님은 거의 없었다. 손님들은 주로 업무 미팅을 하거나, 과제를 하거나, 열심히 수다를 떨었다. 업종 분석을 하면서 '카페=커피'라고 인식하고 단순히 커피만을 판매하려고 한 것 자체가 돈을 벌 수 없는 생각이었다는 사실을 깨달았다.

우리나라에서 카페는 커피를 마시는 곳이 아닌 '시간을 보내는 곳'이다. 커피 한 잔의 여유를 즐기든, 친구를 만나든, 대화를 하든, 혼자 공부를 하든 시간을 보내려면 공간이 필요한데, 그 공간 중 가장 대중적인 장소가 카페인 것이다. 따라서 카페는 공간을 판매하는 것이며, 식음료는 그 판매의 매체인 것으로 이해해야 했다.

마침내 나는 카페가 '커피 소비형'이 아닌 '공간 소비형'이라는 것을 깨달았으며, 그런 관점에서 접근해야 사업적으로 훨씬 승산이 높다고 판단했다. 사실 카페 사장이 되기 전부터 이미 소비자로서 그때마다 목적에 맞게 카페를 방문하고 있었지만, 이를 제대로 깨닫지 못하고 있었다. 소비자로서의 어렴풋한 추측만 있을 뿐, 판매자의 관점에서 진지하게 분석하려는 생각은 하지 못했기 때문이다.

♦ 시장 분석 : 지금 유행하는 게 뭐지?

창업을 준비하면서 나름대로 서적도 찾아보고 웹 서핑도 했었는데, 그때 가장 지겹도록 보았던 단어가 '시장 분석'이다. 나에게 시장 분석은 이름만 들어도 머리가 아프고 고리타분한 일처럼 느껴졌다. 하는 방법도 모르겠고, 과연 내가 할 수 있을지도 의문스러웠다. 그래서 '작은 카페 하나 하는 건데, 시장 분석을 꼭 해야 하나?'라는 생각으로 그냥 패스하고 곧바로 실무적인 준비에 들어갔다. 하지만 사람들이 중요하다고 하는 데에는 다 이유가 있었다. 그리고 뒤늦게 중요성을 깨닫고 직접 해보니, 시장 분석은 그리 어려운 일이 아니었다. 하루하루 그냥 지나치던 것을 곰곰이 생각해보는 것만으로도 시장 분석이었던 것이다.

시장 분석의 핵심은 업종과 관련한 현재 시장의 흐름을 파악하는 것이다. 어떤 아이템들이 등장하고 있고 시장이 전반적으로 어떻게 변화하고 있는지, 두드러진 현상들을 중심으로 이해하면 된다.

만약 업종 분석 전 "현재 카페 시장의 흐름은 어떤가요?"라는 질문을 받았다면 나는 예상치 못한 면접 질문을 받은 듯이 얼어붙었을 것이다. 하지만 업종 분석을 통해 우리나라 카페가 공간 소비형이라는 큰 틀을 알고 나니 그 흐름이 보이기 시작했다. 예전에는 그저 '카페가 한 집 걸러서 하나 있을 정도로 참 많다'라고만 생각했었는데, 업종 분석 후 '카페가 다양하게 세분화되고 있다'는 흐름을 알게 된 것이다.

'다양한 싱글 오리진 커피를 즐길 수 있는 로스터리 카페'

'#카페스타그램, #신상카페를 향유하는 카페 투어족들을 위한 SNS 감성 카페'

'아기자기한 소품 숍을 겸해 볼거리를 제공하는 카페'

'조용히 독서를 할 수 있는 동네 사랑방 같은 카페'

이 밖에도 '키즈 카페', '브런치 카페', '스터디 카페', '볼링 카페', '방탈출 카페', '양궁 카페', '애견 카페' 등등……. 이름은 다 같은 카페인데 이렇게 콘셉트가 하나하나 다르다. 위에 예를 든 네 군데 카페에서 아메리카노를 한 잔씩 마신다고 했을 때, 커피 한 잔을 구매하는 건 똑같지만 그 이유와 목적은 뚜렷하게 다르다. 첫 번째 카페는 맛있는 커피를 먹고 싶어서고, 두 번째 카페는 친구랑 예쁜 카페에 가서 기분 전환을 하고 싶어서, 세 번째 카페는 독특하고 재밌어 보여서고, 네 번째 카페는 혼자 조용히 다이어리 정리를 하고 싶어서다.

카페가 반짝 유행이 아니라 우리 일상의 일부로 자리 잡으면서 시장이 세분화되기 시작했다. 세분화는 콘셉트가 뚜렷해지고 타깃은 좁아지는 것을 의미한다. 시장이 성장함에 따라 경쟁이 치열해지면서 각자의 콘셉트로 차별화를 두고, 소비자들의 다양한 니즈를 파악해 타깃을 좁히는 시도가 필요해진 것이다.

소확팁» 이해를 돕기 위해서 '지금 유행하는 게 뭐지?'라는 말을 사용했지만, 여기서 말하는 유행은 '유행하고 있는 아이템'이 아닌 하나의 '추세'를 의미한다. 예를 들어 흑당 버블티가 유행이라면 흑당 버블티에 초점을 맞추는 것이 아니라, '해외의 이국적인 음료들을 거부감 없이 받아들이는구나'라고 이해해야 한다. 아이템에만 집중하면 반짝 유행이 잦은 우리나라의 특성상 그 아이템이 시들해졌을 때 다른 대안을 찾기가 어렵기 때문이다.

그리고 개인 카페의 대척점에 프랜차이즈 카페가 서 있

다는 것 또한 우리나라 카페 시장의 두드러진 특징이다. 우리나라의 카페는 프랜차이즈 카페를 중심으로 자리 잡았고, 몇 년 전까지만 해도 카페 창업은 프랜차이즈가 더 유리한 것이 사실이었다. 하지만 카페 시장이 세분화되고, 소비자들의 취향이 달라짐에 따라 프랜차이즈 카페도 주춤하고 있다.

따라서 프랜차이즈 카페도 시장 변화에 맞게 전략을 바꾸고 있다. 현재 개인 카페가 세분화되어 강한 개성을 뽐내고 있는 흐름이라면, 프랜차이즈 카페는 대형 프랜차이즈 위주로 살아남아 소형 프랜차이즈들은 줄고 메인 상권 위주의 대형 직영 매장들로만 운영되고 있는 상황이다. 대형 프랜차이즈들은 소상공인이 들어올 수 없는 좋은 입지의 자리를 자본력으로 임차해 공간 소비형으로 재정비한 후, 모두에게 편안한 공간을 제공하고 있다. 불특정 다수의 손님들을 최대한 많이 불러들이려는 전략인 것이다.

결국 지금의 카페 시장은 개인 카페와 프랜차이즈 카페 두 축으로 나뉜 상태로 공간을 판매한다는 점은 같지만, 전자는 특정 손님을, 후자는 불특정 다수를 타깃으로 하고 있다는 것이 뚜렷한 차이점이다.

소확팁» 만약 프랜차이즈 창업을 고민하는 중이라면 본사랑만 이야기하지 말고, 반드시 지인이나 지인의 지인을 통해서라도 해당 프랜차이즈의 실제 점주가 하는 이야기를 들어보고 나서 결정해야 한다. 계약하기 전에는 예비 가맹점주가 갑이지만, 계약하고는 을로 전락하기 쉽다. 언론에 프랜차이즈의 갑질 행태가 많이 보도되었지만, 여전히 달라지지 않았다. 만약 지인을 통해 이야기를 나눌 수 없다면 네이버 카페 <아프니까 사장이다>에 질문 글을 올리면 쉽게 가맹점주들의 이야기를 들을 수 있다. 단, 가장 큰 자영업자 커뮤니티인 만큼 광고를 위해 활동하는 본사 사람들도 있으니 유의해야 한다.

♦ 벤치마킹 : 머릿속의 콘셉트를 구체화하는 기술

앞서 이야기한 업종 분석과 시장 분석이 콘셉트와 타깃을 설정하기 위한 기본적인 이론이라면, '벤치마킹'은 '기술'의 영역이다. 창업에 성공하는 것은 어떻게 보면 간단하다. 옆 가게보다 내 가게가 더 경쟁력이 있으면 된다. 문제는 이 경쟁력을 어떻게 갖추느냐인데, 그 방법 중 하나가 자신만의 독자적인 아이템, 즉 '나만의 것'을 가지는 것이다.

하지만 '하늘 아래 완전히 새로운 것은 없다'고, '나만의 것'을 만드는 일이란 결코 쉽지만은 않다. 그런데 생각해보면 꼭 백지상태에서 시작해야만 '나만의 것'일까? 본래 있던 것을 재해석하거나, 거기에 뭔가를 더해서(혹은 빼서) 경쟁력 있는 '나만의 것'을 만들어낼 수도 있다. 이것이 바로 벤치마킹이다.

벤치마킹은 시장에서 이미 상품성을 검증받은 제품이나 아이디어에 자신만의 개성을 더해 경쟁력을 갖추는 기법이다. 세상에 나온 적 없는 신박한 아이템을 선보이면 대박 날 것 같지만, 생각보다 소비자들은 보수적이다. 때로는 시장이 내 머릿속보다 늦기도 하는 것이다. 그래서 벤치마킹은 굉장히 유용한 기법이다. 일종의 '커닝'이랄까? 대중성과 나만의 참신함을 적절히 버무린 것이니 가장 손쉽고 안전하다. 단, 중요한 것은 '참고'를 하되 '모방'을 해서는 안 된다는 것이다. 벤치마킹의 핵심은 보고 그대로 따라 하는 게 아니라 차별화를 꾀하는 것이기 때문이다. 이것이 조금 커닝하더라도 죄책감 느끼지 않아도 되는 이유기도 하다.

벤치마킹은 머릿속에 어렴풋이 떠오른 콘셉트와 타깃을 구체화해주기도 한다. 창업 준비 초기에는 대부분 콘셉트와 타깃을 어떻게 구체적으로 그려내야 할지 머리가 어지럽다. 그럴 땐 비슷한 콘셉트와 타깃으로 성공적인 운영을 하고 있는 곳들을 한번 유심히 살펴보자. 그러면 내가 가진 콘셉트와 타깃을 어떻게 표현하면 되는지 감이 온다. 또한 실제 사례들을 보다 보면 생각보다 시장성이 높지 않다는 걸 깨닫고 재설계할 수도 있다. 한마디로 벤치마킹을 통해 나의 창업을 사전에 시뮬레이션해볼 수 있는 것이다.

벤치마킹의 활용은 콘셉트와 타깃 설정에서만이 아니라 인테리어, 메뉴, 서비스 등 모든 부분에서 가능하다. '신메뉴 개발은 어떻게 하지?', '쿠폰 말고 다른 적립금 제도는 없나?' 등등 다방면으로 써먹을 수 있어 처음에 잘 익혀두면 언제나 든든한 조력자가 되어줄 것이다.

소확팁» 창업을 결심하고 다른 카페들을 참고하기 위한 카페 투어를 할 때, 대부분 장사가 잘되는 곳을 방문한다. 그러나 장사가 잘되는 곳도 좋지만, 가능하면 자신의 카페와 콘셉트와 타깃이 같은 곳에 방문하는 것이 좋다. 그래야 인테리어, 메뉴, 서비스 등의 부분에서 적용 혹은 보완해야 할 점들을 많이 배울 수 있다. 대박집의 손님 구경만 잔뜩 하다 빈손으로 돌아오는 일이 없도록 투어리스트를 작성할 때 꼭 고려하길 바란다.

/ 모두에게 사랑받지 않을 용기 /

사실 많은 사람들이 콘셉트와 타깃을 명확히 하는 것에 두려움을 가진다. 호불호가 심하게 갈릴 것을 걱정하기 때문이다. 주변을 보아도 개성 있는 카페보다는 어디서든 볼 수 있는 무난한 카페들이 훨씬 많으니 의심이 드는 것이다. 하지만 무난하고 손님층이 넓다고 해서 콘셉트와 타깃이 명확하지 않은 건 아니다. 그러한 카페의 콘셉트는 '누구나 부담 없이 즐길 수 있는 카페'며, 타깃은 '모든 연령층'인 것이다. 이렇게 콘셉트와 타깃을 설정해두는 것과 그러지 않는 것의 차이는 크다.

콘셉트가 없다는 것은 인테리어, 메뉴, 상권 하물며 사장님까지, 카페를 이루는 모든 요소들이 조화롭지 않다거나 그저 평범하다는 의미다. 요즘처럼 수준 높은 개인 카페가 천지에 깔린 시대에 개성도 매력도 없는 카페를 누가 가고 싶어 할까?

나도 처음에는 동네 상권이라 확고한 콘셉트를 가지면

주민들이 난해하다고 생각하지 않을까 걱정했다. 지금이야 우리 카페를 시작으로 젊은 사장님들이 운영하는 개성 있는 카페들이 많이 생겼지만, 처음 내가 발을 디뎠을 때만 해도 동네에는 프랜차이즈 카페밖에 없었다. 또 동네 자체가 유행에 민감한 동네가 아니라서 사람들이 이질감을 느낄 것 같아 불안했다.

하지만 나름대로 공부하고 분석해서 내린 결론인데, 단지 '감'만으로 뒤엎어버릴 수는 없었다. 소비자들은 필요에 따라 뚜렷한 목적을 가지고 카페를 찾는다는 사실을 지금의 카페 시장은 분명하게 말하고 있었다. '어떤' 카페인지에 대한 정의가 명확하지 않으면 누구에게도 선택받을 수 없었던 것이다.

사장이 되어보면 남들 눈에는 대단하지 않아 보이는 일도 참으로 고민스럽다. 잔 하나 바꾸느냐 마느냐, 가격을 200원 더 올리느냐 마느냐로도 며칠을 고민하는데, 콘셉트와 타깃 설정은 가게의 스타트를 끊는 중요한 사안이니 엄청나게 고민스러울 것이다. 하지만 운영과 관련한 일에 대해 사장이 결단을 내리지 않으면 그 상태에서 앞으로 나아갈 수가 없다.

사장에게 있어 용기는, 처음 창업에 도전할 때만이 아니라 창업 후에도 끊임없이 요구된다. 그리고 그중에서도 가장 필요로 하는 용기는 바로 '모두에게 사랑받고 싶은 마음을 버리는 용기'일 것이다.

/ 뒤늦은 벼락치기 공부 /

처음부터 다시 시작하자고 이왕 마음먹은 거, 제대로 하자는 생각으로 제일 먼저 한 것이 '공부'였다. 조금 일찍 일어나 구립 도서관에서 경영서와 창업서를 닥치는 대로 빌려 출근했다. 웃어야 할지 울어야 할지, 손님이 없어 공부하기 참 좋았다. 손님이 없다는 것의 딱 하나 좋은 점이었다. 멍하니 손님을 기다리거나 넘쳐나는 시간을 걱정과 한숨으로 채우는 대신에 공부를 하기 시작했다.

학교 다닐 때도 맨날 벼락치기 공부로 효과를 봤었는데, 생계를 위협받는 상황에 몰리자 학습력이 폭발했다. 마감 이후에도 매장에 홀로 앉아 늦게까지 책을 읽고 노트를 정리했다. 난생처음 해본 경영 공부는 생각보다 어렵지 않았다. 돈이 걸려 있어서 그런지 재미도 있었다. 아는 만큼 보인다더니, 창업 전에 나름 깨작깨작 찾아보던 때 뻔한 말이라고 생각했던 것들이 이제는 달리 보였다. 역시 남들이 입을 모아 중요하다고 말하는 것들에는 다 이유가 있었다. 진작에 그랬으면 참 좋았을걸.

하지만 '재밌네' 정도로 그칠 수는 없었다. 나는 애초에 가게를 새로 만들어가야 하는 상황이었기 때문에 가장 중심이 되는 개념들을 우선적으로 파악하려고 했다. 그러고 나서 가게를 다시 보자 인테리어, 메뉴, 간판, 이런 것들이 문제가 아니었다. 그것보다 훨씬 더 이전에 해야 하는 것들이 있었다. 드디어 눈에 보이지 않던 것들이 보이기 시작한 것이다.

땜질하지 않고 아예 처음으로 돌아온 게 참 다행이라는 생각이 들었다. 콘셉트와 타깃 없이 그럴듯한 인테리어와 메뉴를 내세워 시작하는 것은, 설계 없이 집을 짓는 것과 똑같다는 걸 배웠기 때문이다. 겉으로 보기에는 정말 멋있는 집이어도 설계 없이 지은 집에 과연 누가 들어가서 살고 싶을까?

그러고 보니 대부분의 카페가 다 비슷비슷한 이유도 이것 때문이지 않을까 하는 생각이 들었다. 우리나라 카페들은 거의 인테리어에 공을 들이고 메뉴도 잘 갖추어놓는 편이다. 그럼에도 늘 '카페가 다 거기서 거기지'라는 평가를 받곤 한다. 그 이유는 내가 그랬던 것과 마찬가지로 많은 창업자들이 눈에 보이지 않는 것들의 중요성을 모르기 때문이 아닐까 싶다.

이제 나는 그 이유를 알았으니 적어도 '거기서 거기인' 카페는 되지 않아야겠다고 마음먹었다. 살짝 걱정도 되었지만, 용기를 내보기로 했다.

그리고 새삼 공부의 중요성을 깨달았다. 장사는 '도전! 그리고 열정!'인 줄 알았는데 아니었다. 그 열정도 기본적인 지식이 밑받침되었을 때 효과를 본다는 것을 알았고, 그 이후로는 문제가 생길 때마다 섣불리 행동하지 않았다. 잠깐 숨을 돌려 관련 서적들을 빌려 읽고 유튜브를 보는 등 다양한 방법으로 공부를 했다. 말 그대로 진짜 '맨땅'에 헤딩해서는 안 된다는 것을 알게 된 소중한 경험이었다.

/ 3장 /

설계도에 따라 집 짓기 _ 상권, 인테리어

마침내 콘셉트와 타깃은 정해졌다. 그런데 고심 끝에 결정한 이 콘셉트를 가훈이나 급훈처럼 가게에 써 붙일 수는 없는 노릇이었다. 이 중요한 것을 대체 어떻게 보여주면 좋을까? 눈으로 볼 수 없는 콘셉트는 바로 '인테리어', '메뉴', '마케팅' 등으로 보여줘야 한다. 콘셉트와 타깃이 뼈대라면 상권, 인테리어, 메뉴(4장에서 다룬다)와 같은 것들은 살점과 가죽인 것이다.

카페 창업을 준비하는 사람들은 십중팔구 여러 상권을 살피다 유동인구만 따지고 예산에 맞춰서 부동산 계약을 한다. 그리고 바로 인테리어 작업에 들어가는데, 2주 정도 되는 그 기간 동안 위생 교육을 받고, 사업자 등록을 하고, 계좌 개설을 하는 등 하루가 바쁘다. 커피를 전문적으로 배우지 않은 사람이라면 이 기간에 커피 교육도 짧게 받는다. 그렇게 적당히 깔끔한 인테리어에 적당히 맛있는 커피를 제공하는 카페가 탄생하고, '우리 카페는 인테리어도 예쁘고, 커피도 맛있고, 사장님도 친절해요'라고 홍보를 한다.

언뜻 보면 제법 구색을 잘 갖춘 것 같은 이 카페는, 결과적으로 절대 손님들에게 큰 임팩트를 남기지 못한다. 그럴 수밖에 없는 이유는, 콘셉트와 타깃이 명확하지 않은 탓에 '제대로 된 준비 과정'을 거치지 못했기 때문이다.

창업을 준비하는 과정에서는 고민해야 할 것들이 굉장히 많다. 상권은 어떻게 할지, 인테리어는 어떤 느낌으로 할지, 메뉴랑 마케팅은 어떻게 할지 등등, 아무것도 모르는 상태에서 정답을 찾아야 하는 일이 산더미다. 그런데 만약 콘셉트가 하나 잡혀 있으면, 이런 고민들이 자연스럽게 정리된다.

오랜 바리스타 경력으로, 오로지 커피 맛으로 승부하고 싶다는 사람이 카페를 창업한다고 가정해보자. 그러면 가장 먼저 '정말 맛있는 커피를 마시고 싶은 사람들을 위한 카페'라는 콘셉트를 잡는 것이다. 타깃은 커피 맛을 즐길 줄 알고, 프리미엄 커피에 돈을 쓸 만한 소비력이 있는 20대 후반에서 40대 초반으로 설정한다. 그다음이 바로 상권과 인테리어를 선택할 때다. 설정한 타깃층이 가장 밀집해 있는 상권을 추려서 발품을 판 후 자신의 예산과 비교해서 가장 적정한 상권을 선택하고, 그들이 가장 선호할 만한 분위기로 인테리어를 작업한다. 메뉴는 논커피 메뉴나 화려한 디저트 메뉴보다는, 주로 내세울 커피 메뉴와 어울리는 담백한 디저트류로 구성한다. 그러면서 오픈이 가까워지면 '우리는 커피 맛으로 승부하는 집'이라는 심플한 메시지를 소비자들에게 던진다. 그리고 마지막으로 커피 맛집을 기대하고 방문하는 손님들에게 맛있는 커피를 자신 있게 선보이면 되는 것이다.

이처럼 콘셉트와 타깃을 설정하면 상권, 인테리어는 물론 메뉴 구성과 마케팅 방법까지 자연스럽게 정해진다. 따라서 지금부터 이야기할 상권, 인테리어는 콘셉트와 타깃이라는 설계에 맞춰 위치를 정하고, 집을 쌓아 올리는 일이라고 생각하면 이해하기 쉬울 것이다.

/ 상권을 정할 때는 딱 두 가지 /

창업하는 사람들의 가장 큰 관심사는 '상권'이다. 때로는 '무엇을 할 것인지'보다 '어디서 할 것인지'가 더 중요하게 여겨지기도 한다.

우리나라의 부동산 열풍은 비단 아파트에만 해당하는 것이 아니다. 상권도 그에 못지않게 뜨겁다. 이 좁은 땅덩어리 안에서 몇 발자국 거리에 따라 보증금과 권리금이 천 단위, 억 단위로 달라진다. 그리고 지리적 이점이 예전보다는 덜 작용하는 시대라 할지라도, '유동인구'는 여전히 장사에서 빼놓을 수 없는 중요한 요소다.

상권을 결정할 때 가장 중요하게 고려해야 하는 것은 '우리 카페를 좋아해 줄 만한 사람들이 가장 많은 곳이 어디지?'다. 20대 여성을 상대로 하는 디저트 카페를 노인 인구가 많은 종로 3가에 창업하면 아무리 유동인구가 많아도 덕을 보기가 쉽지 않다. 카페를 하나의 문화로 즐기는 20대 카페 투어족들이 타깃이라면 번화가 상권이 좋을 것이다. 만약 브런치 카페를 생각한다면 오피스가가 아닌 주거상권이 알맞을 것이다.

좋기만 한 상권도 나쁘기만 한 상권도 없다. 모든 상권은 각자 나름의 특징을 가지고 있다. 그 특징과 나의 카페를 매칭시키는 일이 바로 '상권 분석'이다. 상권 분석을 통해 상권의 장점을 최대한 취하되, 단점을 극복할 수 있는 방향을 모색해야 한다.

그렇게 상권의 보기가 추려지고 나면 생각해야 할 또 하나의 기준이 '예산'이다. 많은 예비 창업자들이 종종 상권의 부흥을 기대해 무리한 임대료와 권리금을 감수하곤 하는데, 이는 지금 상황에서 보면 도박과 같다고 할 수 있다. 자본주의 국가들 중 젠트리피케이션이 없는 국가는 드물지만, 다른 나라의 젠트리피케이션 주기가 10년이면 우리나라는 3년 내외로 그 정도가 심각하기 때문이다. 그게 아니더라도 상권이 활발한 곳의 모든 가게들이 장사가 잘되는 것은 아니다. 사람이 바글바글한 거리의 어떤 가게들은 파리만 날린다. 결국 중요한 것은 '경쟁력'이다. 상권은 어디까지나 장사에 '도움을 주는' 것이지 상권에만 전적으로 기대다 보면 오히려 높은 유지비 때문에 운영의 위험 요소가 될 수 있다. 참고로 상권의 인기가 하락해도 임대료는 절대 쉽게 낮아지지 않는다.

결국 사람들이 가장 고민하는 상권 분석은 생각보다 간단하다. '우리 카페의 콘셉트를 소비해줄 수 있는 사람들이 어디에 있을까?' 혹은 '어디에 가장 많이 모일까?'를 기준으로 보기를 추리고, 적정한 예산과 취향에 맞게 결정하면 된다. 이 두 가지만 명심하면 자신의 노력과 무관하게 상권의 흥망에 따라서 운명이 정해지는 상황은 벌어지지 않을 것이다.

소확팁» 상가 계약을 할 때는 보증금, 권리금, 임대료 외에도 중요한 것들이 많다. 일단 관리비가 꽤 중요하다. 엘리베이터도 없는 작은 건물일 경우 관리비를 잘 생각하지 못할 수도 있는데, 이 관리비는 정확한 내역을 몰라도 건물주가 내라면 내야 하는 돈이다. 월세가 생각보다 저렴해서 좋아했다가 나중에 청구된 관리비를 보고 '허걱' 할 수 있으니 반드시 확인해야 한다. 덧붙여 전기세와 수도세도 '평균 얼마'라는 식보다는 월별로 정확하게 확인하는 것이 좋다.
또한 1년 계약인지 2년 계약인지도 반드시 확인해야 한다. 1년 계약인 곳은 해마다 월세를 인상할 가능성이 높다. 그래서 계약할 때 기존 임차인에게 임대료 상승 추이를 확인하고 계약하는 것이 좋다. 그리고 드물긴 하지만 임대료 세금 계산서를 발행해주지 않는 건물주들이 있다. 자신들의 세금 때문이다. 임차인의 당연한 권리지만 일부 갑질하는 사람들이 있으니 주의해야 한다.

/ 간판도 없는 핫플 카페의 비밀 /

요즘 을지로나 연남동 같은 거리에선 휴대폰에 시선을 고정한 채 요리조리 헤매는 사람들을 쉽게 볼 수 있다. 휴대폰 화면 한 번 보고 고개 한 번 들고. 간판도 없이 꼭꼭 숨어 있는 핫 플레이스 카페를 찾는 사람들이다. 이리저리 한참을 헤매다 겨우 발견하고, 반신반의하며 문을 열면 자신과 같은 사람들로 바글바글한 카페를 마주하게 된다.

특별한 순간을 위해 불편함을 기꺼이 감수하는 요즘 트렌드 속, '찾아가는 재미'라는 말이 생겨났다. 나만 알고 싶은 곳, 나만 아는 곳 같은 비밀스러움은 사람들의 호기심을 묘하게 자극해 불편함마저 감수하게 만든다. 그래서 좋은 상권이 아니더라도 월세가 저렴한 곳을 찾아 '잘만 하면 임대료 부담 없이 괜찮겠는데?'라며 '심야식당' 같은 비밀스러운 공간을 구상하는 사람들이 있는 것이다.

그 때문인지 요즘 인적 없는 골목에 간판도 제대로 보이지 않는 작은 가게들이 많다. 하지만 그중 대부분이 영업

면에서 고전을 면치 못한다. 사실 SNS에서 이름난, 꼭꼭 숨어 있는 핫 플레이스 카페들은 대부분 상권이 형성된 곳에 속해 있되, 입지가 좋지 않은 곳들이다. 한번 생각해보자. 친구랑 약속을 잡는 경우 보통 특정 가게를 먼저 정하기보다는 '어디에서 만날지'를 먼저 결정하고, 그 장소를 키워드로 맛집과 카페를 검색한다. 만약 을지로에서 약속을 잡았다면 '을지로 맛집', '을지로 카페'로 검색할 것이다. 따라서 '을지로'라는 키워드에 속해 사람들의 눈에 걸려야 한다는 것이 중요 포인트다. 내 카페가 방문 욕구를 불러일으키는 경쟁력 있는 카페라 할지라도 을지로에서 밥을 먹고, 또 지하철을 타서 여기까지 오게 하기는 어렵다. 그러기에는 을지로에도 이미 다른 괜찮은 카페들이 너무 많다. 하지만 을지로 상권에 속해 있되 입지가 안 좋은 것뿐이라면 그 정도의 불편함은 지도 앱으로 충분히 극복이 가능하다.

사람들은 약속을 잡을 때 동선을 고려한다. 예를 들어 '식사 → 커피 → 술'과 같이 이어지는 동선을 고려하여 장소를 정하기 때문에, 일단은 다른 맛집이나 볼거리 등이 모여 상권이 형성되어 있는 곳에 위치해 있어야 한다. 실제로 오픈 직후 SNS상에서 핫 플레이스 카페가 되어 2호점까지 낸 모 카페는 인적이 드문 골목길의 작은 건물 4층에 위치했지만, 엄연히 유명한 여대 상권에 속해 있었다. '○○여대'를 키워드로 검색되기 때문에 가능한 일이었다. 부산의 한 유명 카페 역시 4층에 위치해 카페 자리로 보기에는 힘든 곳이었지만, 유명 카페 거리 상권의 끝자락에 위치한 덕에 '○○ 카페 거리'로 검색될 수 있었다. 우리 카페 역시 번화가 상권은 아니지만 한 지역구의 카페 거리 상권에 있었기 때문에 사람들에게 노출되기가 쉬웠다.

그리고 은밀하게 자리한 가게들은 대부분 사장님들의 장사 경험이 풍부한 곳이 많다. 임대료가 저렴하다는 장점은 취하고, 안 좋은 위치라는 단점을 자신의 실력으로 극복하는 것이다. 조금 더 고생해서 찾아가야 할 이유가 없다면, 은밀한 것은 강점이 아니라 불편한 위치라는 약점만 된다. 상권이 전부는 아니지만 없는 상권에서 가게를 성공적으로 운영한다는 것은 대단한 내공이 필요한 일이다. 장사의 신들에게도 쉽지 않은 일이니, 저렴한 임대료에 혹해서 섣불리 계약하는 일은 없기를 바란다.

/ 유행보다는 내 취향대로 /

카페는 남성보다는 여성들에게 인기가 많은 업종이다. 그 이유는 카페라는 공간에 대한 로망 때문이지 않을까 싶다. 작지만 아기자기한 공간의 주인이 되는 것, 자신의 취향대로 공간을 그리는 것은 무척이나 매력적인 일이다.

하지만 멀리서 바라보는 입장이 아니라 그 공간을 만드는 입장이 되면 로망은 사라진다. 나 또한 처음에는 도화지에 그림을 그리는 것 같은 기분에 신이 났지만, 이것은 내 방 꾸미는 것 같은 단순한 작업이 아니었다. 24평 되는 상업 공간의 인테리어를 하는 것은 제법 전문적인 영역의 일이었다.

상업 공간의 인테리어는 매출과 긴밀하게 연결되어 있다. 가구가 어떤지, 조명의 밝기는 어떤지, 음악이 어떤지가 소비자의 심리에 영향을 미치는 것이다. 또한 운영하는 입장에서는 예쁘기만 해서 되는 것이 아니라 실용성도 함께 고려해야 한다.

따라서 카페 창업을 준비할 때 제일 공들여야 하는 것이 인테리어 작업이다. 시간과 돈이 가장 많이 들고, 스트레스도 가장 크다. 하지만 카페의 콘셉트와 타깃을 정했다면 인테리어 역시 그리 어렵지 않다.

처음 인테리어의 콘셉트를 정할 때는 정말 혼란스럽다. 세상에 예쁜 인테리어들이 너무 많기 때문이다. 모던은 모던대로, 클래식은 클래식대로 다 예뻐 보인다. '노출 콘크리트로 할까? 아니, 독특하게 플라스틱 소재로 포인트를 줘 볼까?' 인테리어 잡지들을 보다 보면 하루에도 몇 번씩 마음이 바뀐다.

하지만 인테리어는 무엇보다 '카페의 콘셉트를 보여주는 가장 강력한 수단'으로 생각해야 한다. 메뉴판을 보기도 전에, 사장과 대면하기도 전에 문을 열고 들어왔을 때 풍기는 분위기가 있어야 하는 것이다. '아, 이곳은 젊은 남녀가 데이트하기에 혹은 소개팅하기에 참 좋겠다', '이곳은 조용하게 작업하기에 참 좋겠다' 등등 손님들이 카페에 들어선 순간부터 이런 생각을 한다면 인테리어는 성공적이라고 볼 수 있다.

그렇다면 특정 타깃이 가장 좋아하는 인테리어 콘셉트는 무엇일까? 어떤 공간의 분위기를 가장 선호할까? 딱 잘라 말해 이런 물음에 대한 답은 없다. 하지만 '요즘 대세'인 것은 있다. 외식 업종은 유행을 무시하기가 어렵다. 특히나 카페는 젊은이들이 가장 많이 즐기는 문화이니만큼 그 유행의 변화가 몹시도 빠르다. 그러므로 유행하는 인테리어를 참고하는 것은 좋지만, 맹목적으로 유행을 따르는 것은 경계해야 한다. 메뉴는 비교적 변경하기 쉽지만 인테리어는 리뉴얼할 때마다 돈이 몇백에서 몇천은 깨지기 때문에 처음 잡은 콘셉트를 쉽게 바꿀 수가 없다.

따라서 내가 제안하는 것은 인테리어에 최대한 '자신의 취향'을 녹이는 것이다. 앞서 말했듯이 특정 타깃에게 가장 효과적인 인테리어 콘셉트 같은 건 없다. 같은 20대 여성이어도 아기자기한 것을 좋아하는 사람이 있는 반면, 심플한 것을 좋아하는 사람도 있다. 미적 취향은 사람마다 다르다. 그래서 앤티크면 앤티크, 모던이면 모던으로 하나의 큰 콘셉트를 정하고 자신만의 감각으로 꾸며나가야 하는 것이다.

나는 사람을 빨아들이는 것은 유행이 아닌 개성이라고 생각한다. 유행을 따르는 것은 다른 말로 하면 흔하다는 것이다. 하지만 자신의 취향을 감각적으로 표현한다면 다른 누군가가 흉내 내기 어렵고, 손님이 느끼기에도 훨씬 인상적이다. 결국 개인 카페 인테리어의 가장 강력한 무기는 '사장의 감성'이라고 할 수 있다. 쉽게 볼 수 없는 것들이 훨씬 큰 힘을 가지고 있기 때문에 유행에 너무 휘둘리기보다는 자신 있게 자신의 감성을 표현하는 것이 인테리어의 답이라고 생각한다. 그리고 그 공간에서 가장 많은 시간을 보내는 것은 바로 사장 자신이다. 자기 마음에 들어야 애정도 자부심도 더 클 수밖에 없다. 어쨌든 자기 가게인데 자기만족이 중요하지 않을까?

그리고 공간마다 특징이 있다. 모양이 직사각형인지 코너형인지, 위치가 지하인지 1층인지 2층인지 등 공간의 특징에 따라 어떤 콘셉트가 가장 어울릴지도 생각해야 한다. 나는 개인적으로 어두운 분위기를 선호하여 영화 〈장화홍련〉과 같은 인테리어를 구상했었다. 하지만 우리 카페는 앞면과 옆면이 통유리창으로 되어 있어서 채광이 너무 좋았고, 낮에는 불을 켜지 않아도 환했다. 암막 커튼을 사용할 수도 있었겠지만, 그러면 장점을 죽이게 되는 것이라 생각해 〈장화홍련〉은 포기했다. 모든 공간은 장단점을 지니고 있다. 인테리어에서는 이 장점을 최대한 살리고 단점을 가려야 하는데, 공간의 장단점은 그 공간의 주인이 가장 잘 알 것이다.

결국 유행하는 인테리어나 전문가의 손을 거친 인테리어보다는, 사장 자신의 취향과 공간의 특징을 잘 살린 인테리어가 더 효과적이지 않을까 싶다.

그렇게 인테리어 콘셉트를 정했으면 이제 밑그림을 그릴 차례다. 벽은 무슨 컬러로 칠할 것인지, 바닥은 어떤 소재를 사용할 것인지, 어떤 느낌의 조명을 사용할 것인지 등등을 하나씩 그려나가야 한다.

나는 머릿속에 이런 밑그림을 그려나갔다. '내 나이 또래의 여성들이 친구나 남자 친구와 함께 행복한 시간을 보낼 수 있는 곳'. 그리고 이 공간만의 특징과 나의 취향을 재료로 했다. 좋은 채광, 2층이라는 분리된 공간, 원래부터 있던 나무 바닥, 낮은 천장을 큰 스케치로, 그렸다가 지우고, 다시 그리고를 끊임없이 반복해 아늑한 느낌이 드는 앤티크

한 공간을 머릿속에 완성했다.

/ 자린고비 인테리어 /

밑그림을 다 그렸으면 본격적으로 '돈 문제'가 시작된다. 보통 업체를 통해 인테리어 시공에 들어가는데, 나에게는 불가능한 일이었다. 약간의 차이는 있지만 대부분의 인테리어 업체 시공비는 평당 200~300만 원을 웃돈다. 우리 카페가 24평이니 업체에 맡기면 약 3,000만 원이 지출되는 꼴이었다. 보증금보다 큰 돈이었고, 나에게는 '셀프 인테리어'라는 선택지밖에 없었다.

인테리어 작업은 가장 큰 틀인 바닥, 천장, 벽을 작업한 후, 조명과 가구를 배치하고, 마지막에 소품으로 포인트를 주는 3단계로 구성된다.

♦ 1단계 : 칠하기

휑한 공간을 바라보며 이 넓은 면적을 언제 다 칠하나 싶겠지만, 페인트 작업은 인테리어 작업 중 가장 쉬운 작업에 속한다. 면적에 따라서 다르지만 대부분 하루 이틀 내에 작업이 가능하다. 중요한 것은 페인트를 칠하는 작업보다 '밑 작업'이다. 마스킹 테이프를 꼼꼼히 붙이고, 벽에서부터 약 1m 반경에 신문지나 비닐을 깔고 작업해야 한다. 페인트를 잘못 칠했을 때 벽이라면 덧바를 수 있지만, 바닥이나 천장은 소재에 따라 수습이 안 될 수도 있기 때문이다.

그리고 조금 힘들더라도 롤러보다는 붓을 사용하는 것을 추천한다. 롤러는 넓은 면적을 바르기 쉬워 작업 속도가 빠르지만, 양과 힘 조절을 잘하지 못하면 페인트가 사방으로 튈 수 있다. 전문가라면 상관없겠지만 인테리어 초보자라면 나중에 바닥과 천장에 점처럼 찍힌 페인트 자국이 신경 쓰이게 될 것이다.

옛날 페인트들은 냄새가 심하고 건조 시간도 오래 걸렸지만, 요즘 제품들은 냄새도 거의 없고 건조도 빠르다. 중요하게 보아야 할 것은 '컬러'다. 그래서 인터넷 주문보다는 가능하면 직접 가서 보고 구매하는 것이 좋다. 화면으로 보는 컬러와 실제 건조된 컬러는 차이가 있다. 또 얼마나 덧바르는지, 조명 색이 어떤지에 따라서도 벽의 컬러가 달라지니 잘 생각해야 한다.

소확팁» 대부분 벽을 화이트 톤으로 많이 칠하는데, 이때 사용하는 페인트 컬러를 단순히 '흰색'이라고 생각하면 안 된다. 보통 경험이 없는 경우 그냥 기본 흰색 컬러를 구매한다. 하지만 기본 흰색 컬러는 병원같이 창백한 색이라 카페 같은 공간에는 어울리지 않는다. 화이트 톤의 카페 벽을 자세히 보면 그냥 백색이 아니라 아이보리처럼 미색이 첨가된 것들이다. 화이트 톤이라고 그냥 흰색 컬러가 아니니니 구매 시 주의해야 한다.

그리고 페인트를 구매할 때 한 번에 넉넉한 양을 구매하는 것을 추천한다. 생각보다 페인트의 양 조절이 쉽지 않아 중간에 추가로 구매해야 하는 수고로움을 겪을 수 있기 때문이다. 또 영업 중에 페인트가 벗겨지거나 신발 자국, 음료 자국 등의 오염이 잦은데, 물로 지워지지 않는 경우라면 페인트를 덧발라줘야 지저분하지 않다. 페인트는 공기와 접촉하지 않도록 밀봉해두면 장기간 보관이 가능하니, 두고두고 사용할 분량을 가지고 있는 것이 좋다.

또한 카페의 기둥이나 바닥으로 우드 소재가 많이 사용되는데, 목재용 페인트가 따로 있다. 우드 소재에 페인트를 칠하면 나뭇결이 다 사라지기 때문에 반드시 '바니시'라는 목재 전용 페인트를 사용해야 한다. 오래된 나무 바닥이나 나무 가구도 바니시 칠을 새로 해주면 멋스럽게 바뀐다.

주의할 것은 적은 양을 여러 겹 덧발라줘야 나뭇결을 그대로 살릴 수 있기 때문에 방법을 잘 익히고 작업해야 한다는 것이다. 그리고 페인트와는 달리 바니시는 나중에 컬러를 다시 밝게 칠할 수가 없어서 처음 컬러를 정할 때 신중해야 한다. 마지막으로 바니시 칠을 하고 나서는 오일이나 니스 칠을 해줘야 오염이 되지 않는다. 오염 때문만이 아니라 더 고급스러운 느낌을 줄 수 있으니 조금 귀찮아도 반드시 마무리 칠을 해주는 것을 추천한다.

♦ 2단계 : 채워 넣기

공간의 기본적인 틀 작업이 끝나면 이제 가구와 소품을 배치할 차례다.

가구를 구매할 때 한 가지 생각해야 하는 것은, 의자와 테이블이 단순히 앉을 수 있고 물건을 올려놓는 기능만 하는 게 아니라는 점이다. 가구는 매출에 큰 영향을 미친다. 회전이 빨라야 하는 곳은 소파나 편한 의자보다는 오래 앉아 있기 불편한 의자를 놓아야 한다. 카공족을 타깃으로 하는 카페라면 테이블 높이가 노트북 작업을 하거나 필기를 하기에 알맞은 높이여야 한다. 이렇게 가구는 카페의 콘셉트와 타깃을 간접적으로 보여주는 역할을 한다. 손님들의 방문 목적에 적합하지 않은 가구를 선택하면 결과적으로 매출에 타격을 입게 되니 디자인만 보고 구매해서는 안 된다.

가구 배치도 이와 같다. 카공족을 타깃으로 하는 카페의 경우 회전율이 굉장히 낮기 때문에 테이블을 최대한 많이 배치해놓아야 매출에 영향이 적을 것이다. 반대로 디저트 카페와 같이 객단가가 높고 일상의 작은 사치를 위한 사람들이 타깃이라면 그 시간을 충분히 즐기도록 널찍하게 테이블 간격을 두어야 손님들에게 만족감을 줄 것이다.

가구 구매처의 경우 을지로, 황학동 등 오프라인에 도매 점도 많고 서울 외곽에 아웃렛도 많지만, 인터넷과 가격 차이가 크지 않다. 용달 값까지 함께 고려하면 오히려 인터넷이 더 저렴할 수도 있다.

만약 예산이 많이 부족하다면 네이버 카페 〈중고나라〉가 도매 시장보다 훨씬 유용할 수 있다. 보통 개인 판매자는 판매하는 상품 수가 적지만, 폐업하는 가게에서 의자와 테이블을 대량으로 판매하는 경우도 자주 있다. 판매자 입장에서도 빨리 처리해야 하는 만큼 가격 흥정이 쉽고, 필요한 수량만큼 한 번에 구매할 수 있다.

특히 폐업하는 프랜차이즈 카페의 점주들도 의자와 테이블을 많이 판매하는데, 프랜차이즈 카페의 의자나 테이블은 기본적으로 무난한 디자인이라 어떤 콘셉트에도 잘 매치되고 일단 튼튼하다. 만약 배치해보았는데 인테리어가 너무 평범하다면 테이블보나 작은 소품을 이용해 포인트를 줄 수 있으니, 〈중고나라〉에도 한 번쯤은 들어가 보는 것을 추천한다.

실제로 운영 중에 손님 수가 크게 늘면서 의자가 6개 정도 추가로 필요했는데, 원목 의자 6개를 기성품으로 사면 25만 원이 넘었다. 생각보다 큰 지출에 〈중고나라〉를 서핑

하던 중, 마침 폐업하는 이자카야의 점주를 통해 원하는 의자를 개당 만 원에 구매할 수 있었다.

여유가 있다면 굳이 중고품을 살 필요는 없지만, 그래도 너무 비싼 가구는 추천하지 않는다. 의자와 테이블은 매장 가구들 중에 가장 손상이 잦은 물건들이기 때문이다. 손님들이 의자를 끌거나 테이블에 패인 자국을 남기는 경우가 많으며 가끔 파손되기도 한다.

가구의 가격은 디자인보다도 소재에 따라 차이가 큰데, 가정집의 가구들은 몇십 년을 사용할지 몰라도 매장에서는 사용 기간이 길어봐야 5년 미만이다. 따라서 원하는 디자인을 고려하되 웬만하면 저렴한 물건을 구매하는 것을 추천한다.

조명 기구를 살 때는 을지로 조명 상가에 방문해보는 것이 좋다. 대형 조명, 샹들리에 등 인터넷에서 쉽게 볼 수 없는 조명들이 많다. 만약 조명등만 필요하다면 근처 철물점에 가서 구매하되 주광등인지 백열등인지만 확인하면 된다.

나도 창업 전에는 등이 종류, 밝기별로 이렇게 세세하게 나뉘어져 있는지 몰랐다. 주광등은 병원이나 학교에서 주로 쓰이는 하얗게 밝은 등이고, 백열등은 약간 노르스름한 등이다. 카페에서는 주로 노르스름한 백열등을 사용하며, 손님들도 대부분 따뜻한 느낌의 카페를 선호한다. 그런데 주광등은 등 자체로도 창백한 데다가 화이트 톤의 벽과 만나면 몹시 추운 느낌을 내기 때문에 웬만하면 백열등 혹은 LED 조명을 사용하는 것이 좋다.

조명의 밝기와 함께 조명의 개수도 고려해야 한다. 낮은 톤을 위해 상대적으로 어두운 밝기의 조명을 샀는데 매장의 면적 대비 조명 개수가 많은 편이면 조명 밝기와 무관하게 분위기가 밝아질 수 있기 때문이다.

♦ 3단계 : 포인트 주기

소품은 의자나 테이블 등과 같이 매장에 꼭 필요한 물건은 아니지만 인테리어에 있어서 굉장히 중요한 역할을 한다. 소품이 없으면 의자나 테이블이 아무리 고급스러워도 어쩐지 휑하다. 그런데 이 소품이라는 것이 생각보다 정말 비싸다. 특히 빈티지나 앤티크 소품 같은 경우에는 그 작은 것이 의자나 테이블값을 뛰어넘는다.

소품을 구매하러 이태원 앤티크 가구 거리에 갔다가 중고 스탠드 하나에 17만 원이 넘는 것을 보고 손이 벌벌 떨렸었다. '거리'라 그래서 저렴하지 않을까 했다가 큰코다친 것이다. 그래서 더 많은 정보를 얻어 황학동, 풍물 거리, 동묘를 돌아다녔다. 그곳이야말로 내가 찾던 '거리'였다. LP판, 커피잔, 책, 기타 소품 등등 저렴한 중고 제품이 많았다. 몇천 원, 비싸봤자 몇만 원대로 저렴한 데다가 장이 마무리될 시간이면 서비스도 마구 주셨다. 실제로 사용하기 좋을 만한 퀄리티의 물건들은 많지 않았지만, 멋을 내는 용도로 매장에서 부담 없이 사용하기에는 딱 좋았다.

소품은 가구와 마찬가지로 비싼 건 추천하지 않는다. 손님들이 만지다가 손상이 생기는 경우가 적지 않기 때문이다. 우리 카페에서도 손님들이 소품을 이리저리 옮기며 사진을 찍다 보니 소품이 손상되거나 심지어는 분실되기까지 했다. 나로서는 손실을 본 것이지만, 그렇다고 손님에게 배상을 받기도 참 난감한 상황이다. 이런 점에서 비싼 소품들을 매장에 사용하는 것은 조금 위험할 수 있다.

소품은 아이디어기도 하다. 꼭 돈을 들이지 않고 다 마신 와인병이나 크래프트 비어 병에 초나 꽃을 꽂아 놓아도 소품이 될 수 있다. 커튼도 빛을 막아주는 본래의 기능 외에도 패턴이나 소재에 따라 훌륭한 인테리어 포인트가 된다.

심지어 액자 없이 그냥 벽에 붙인 그림 한 장, 글 한 장이 소품의 역할을 할 수도 있다. 우리 카페의 단골손님 중 시인이 한 분 계셨는데, 그분은 이곳에서 영감을 받아 쓴 시들을 늘 손바닥만 한 종이에 적어 선물해주고 가셨다. 나는 그럴 때마다 그 시들을 가게의 빈 곳들에 붙였다. 그것은 우리 카페에서 태어나 우리 카페의 한 부분이 되었고, 손님들은 그 시들에게 시선을 뺏기곤 했다. 그저 몇 글자 적힌 종이 한 장일 뿐이지만, 이 공간에서는 몇만 원짜리 액자나 거울보다도 훌륭한 소품이 되어주었다. 소품에 대한 고정관념 없이 내 눈에 예쁘고 가치 있는 것들을 공간 속에서 조화롭게 꾸며나가는 데에는 굳이 많은 돈이 필요하지 않은 것 같다.

비록 눈에 보이지 않는 음악일지라도 음악 없는 카페는 상상할 수 없다. 보통 스트리밍 서비스를 많이 이용하는데,

선곡에 자신이 없다면 유튜브를 추천한다. 재즈, 보사노바, 힙합 등 매장 BGM으로 쓸 수 있는 다양한 장르의 음악들이 많이 올라와 있다. 음악 유튜버들이 선곡해놓은 것이어서 음악도 믿을 만하고, 무엇보다 신경 쓸 일을 덜어주기 때문에 매우 유용하다. 4시간 이상짜리도 많으니 매장에 어울리는 것을 재생해두고, 끝날 때마다 리플레이 해주기만 하면 된다.

잔이나 그릇, 포크 등 식기류도 하나의 인테리어로 작용한다. 잘 진열해놓으면 주방의 인테리어가 될 수도 있고, 손님에게로 나갔을 땐 하나의 소품이 되기도 한다. 집에서 '카누'로도 마실 수 있는 커피를 5천 원 내고 구매하는 이유는 예쁜 커피잔에 나오기 때문이다. 집에서 사용하는 머그잔이 아닌 예쁜 카페에 걸맞은 빈티지한 커피잔에 담겼다는 이유만으로도 부가 가치가 생기는 것이다.

그 효과만큼 찻잔 세트는 가격이 꽤 비싸다. 보통 한 조에 2만 5,000원 정도가 가장 저렴한 것에 속하며, 예쁠수록 그 값은 올라간다. 그런데 잔 또한 비싼 것은 구매하지 않는 것이 좋다. 이유는 역시 생각보다 잔이 자주 깨진다는 것이다. 카페 사장과 술집 사장이 되면 쨍그랑 소리에 탄식하는 날이 일상이다. 아이스 음료 잔은 유리잔이 아닌 투명 플라스틱 잔으로 대체할 수 있지만, 핫 음료 잔은 대체도 안 된다.

만약 예쁜 찻잔 세트가 필요한 경우 '타오바오'를 추천한다. 한국에서 보기 드문 고풍스럽고 독특한 디자인의 찻잔 세트가 많다. 게다가 한국에서 판매하는 빈티지 잔 한 조의 가격으로 여섯 조 정도를 구매할 수 있다. 해외 배송이라 배송비가 있지만, 배송비를 따져봐도 한국에서 구입하는 것에 비하면 곱절 이상 저렴하다. 예쁘고 튼튼한데 단 하나, 브랜드가 없다는 단점이 있지만, 매장에서 사용하는 식기류니 그다지 문제 될 것이 없다. 무엇보다 손님이 깨트려도 멘탈에 큰 타격이 없다는 것이 가장 큰 장점이다.

깔끔한 화이트 접시나 투명한 유리 접시를 찾는다면 '다이소'를 추천한다. 3,000~5,000원의 가격대치고는 튼튼하고 디자인도 예쁘다. 남대문 그릇 상가가 도매로 유명해서 식기류를 구매하러 많이들 방문하지만, 혼수용 그릇 세트를 판매하는 곳이 많아 카페에서 쓸 만한 디자인의 식기류는 인터넷 쇼핑을 통해 구하는 편이 낫다. 무엇보다 도매 상가라고 해서 절대로 가격이 저렴한 것은 아니다.

정리하자면 인테리어의 핵심은 딱 두 가지다. 첫 번째는 '인테리어 콘셉트를 정해 밑그림을 그리는 것'이다. 그 과정에서 너무 유행을 따르기보다는 자신의 취향을 녹이는 것이 중요하다. 그리고 두 번째는 '최소의 자본으로 최대의 효과를 보는 것'이다. 자신의 이름을 내건 공간이기 때문에 욕심이 생기는 것은 잘 알지만, 매장은 내 개인적인 공간이 아닌 누구에게나 열려 있는 공간이다. 따라서 고가의 비용을 지불하기보다는 아이디어와 발품을 통해 저렴한 비용으로 만들어가는 것이 여러모로 합리적이다.

/ 인테리어 업체, 꼭 필요할까? /

창업 자본이 충분하더라도 직접 할 수 있는 부분은 가

능하면 셀프 인테리어로 하길 추천한다. 왜냐하면 인테리어 업체와 분쟁이 생기는 경우가 흔하기 때문이다. 해당 분야에 대한 지식과 경험이 없으면 업체가 시공을 제대로 하는 건지 어떤지를 알기 어렵다. 그리고 부실 공사는 대부분 잔금이 다 치러졌을 때 티가 나는 법. 나중에 문제점이 드러나도 돈을 제때 돌려받기 쉽지 않다. 설사 보수 공사를 해준다고 해도 소요되는 그 시간만큼 영업에 차질이 생기니 화병 나기 딱 좋다.

요즘은 워낙 인테리어용 제품이 잘 나와 있고, 셀프 인테리어 방법도 잘 정리되어 있다. 아예 바닥을 뜯어내고 새로 깔아야 하거나 주방 시설 자체가 없다거나 하는 경우라면 그런 큰 틀만 업체에 맡기고, 그 외에는 셀프 인테리어로 하는 것이 속 편하다. 행여 미적 감각이 너무 없어 걱정된다면 인테리어 업체에 맡기되, 그쪽으로 잘 아는 사람과 함께 최대한 자주 현장에 나가서 꼼꼼히 체크하는 것이 좋을 듯하다.

만약 인테리어 업체를 통해서 진행하는 경우 유념해야

하는 것이 두 가지 있다. 첫 번째, 업체를 고를 때 가격보다는 포트폴리오에 더 중점을 둘 것. 내가 밑그림을 그린 공간의 콘셉트와 가장 유사한 디자인을 많이 작업해온 곳과 계약해야 만족도가 높다.

두 번째, 가능한 한 지인을 통해서 계약하지 말 것. 지인을 통하면 훨씬 더 좋을 것 같지만, 사실 그렇지만도 않다. 인테리어는 취향과 관련된 작업이기 때문에 꼭 부실 공사가 아니더라도 업체와 끊임없이 의견 충돌이 있을 수밖에 없으며, 싸움이 나는 경우도 정말 많다. 그런데 지인을 통해서 업체와 계약하면 강하게 의견을 주장하거나 컴플레인을 하기 어려운 상황에 놓일 가능성이 크다. 그러니 지인을 통하는 것보다는 차라리 조금 더 발품을 팔아 깨끗하고 성실한 업체와 계약하는 게 이로울 것이다.

/ 6개월간의 셀프 인테리어 후기 /

돈이 있었다면 빠른 시간 안에 뚝딱뚝딱 해나갈 수 있었을 것이다. 몸 고생도 덜하고 완성도도 더 높았을 것이다. 하지만 현실적으로 업체를 이용하기는커녕 셀프 인테리어마저 버거운 주머니 사정이었다. 뭔가가 필요할 때 그것을 곧바로 사본 일이 없었다. 어떻게 하면 반의반 값으로 해결할 수 있을까 연구하느라 밤을 새웠다.

버려진 물건들을 주워 오고, 꼭두새벽부터 도매 시장에

방문한 뒤 졸면서 카페로 출근했다. 양손 가득 짐을 들고 종종걸음으로 거리를 헤맬 때면 손가락이 얼얼해 다 집어 던지고 주저앉고 싶었다.

셀프 인테리어를 하다 보면 시무룩해질 때가 있다. 다른 곳과 비교도 되고, 다 완성하고 나서도 허접한 것은 아닐까 하는 걱정이 든다. 그리고 무엇보다 몸이 너무 고생한다.

하지만 이제 와 생각해보면 셀프 인테리어를 한 건 단연 잘한 일이었다. 단순히 돈을 아끼기 위함이었던 셀프 인테리어는, 돈으로 살 수 없는 값진 것들을 많이 선물해주었다. 그중 하나는 도매 시장에서 나와 같은 사장님들을 보며 배운 것이다. 그들은 곰처럼 우직하고 때로는 여우같이 능글맞게 자신들이 얻고 싶을 것을 얻어내고 있었다. '깎아주세요' 이 말 한마디 하기 위해 몹시도 우물쭈물했었던 나는 그들의 행동을 보고 배우며 장사꾼의 기본을 익혔다. '쪽팔림'도 체면도 그곳에서 모두 버릴 수 있게 된 것이다. 그리고 사장들끼리의 보이지 않는 동질감으로부터 위로를 받아서인지, 시장에 들렀다 출근하는 날이면 꼭두새벽에 일어났어도 정신이 맑고 몸에 힘이 났다.

또한 셀프 인테리어 덕분에 '짠순이 사장'이 되어 가게 살림을 알뜰살뜰하게 꾸려나갈 수 있었다. 손가락 움직임 몇 번만으로 물품을 구매하는 것이 아니라 발품을 팔아 구석구석 돌아다니다 보니, 매일매일 구매해야 하는 식자재를 살 때도 좋은 상품을 고르는 안목과 더불어 저렴하게 구매하는 요령이 생겼다.

장사를 하다 보면 생각지도 못한 지출들이 발생한다. 작게는 몇십만 원, 크게는 몇백만 원의 지출들 때문에 휘청거리게 된다. 하지만 돈이 없어 모든 것을 내 손으로 완성한 셀프 인테리어 경험은 그럴 때마다 큰 힘을 발휘했다. 무슨 일이 생겨도 내 손으로 해결할 수 있다는 자신감 덕분이었다. 거리와 카페를 오가며 혼자서 채워나간 셀프 인테리어 덕분에 어쩌다 사장, 망하기 직전의 쪽박 사장으로 한없이 작아졌던 나는 조금씩 되살아났다.

그렇게 거리에서 분투하며 얻어온 것들로 나의 공간을 채웠다. 전문적인 손길은 아니지만 애정 어린 손길로 모든 공간을 매만졌다. 중고로 구입하거나 주워 온 모든 것들이 서로 잘 어울릴 수 있도록 가구와 소품의 위치를 계속해서 바꿔가며 저마다 제자리를 찾아주었다.

셀프 인테리어는 그 공간의 작은 부분 하나하나까지 이해하고 사랑하는 과정이다. 균일하지 않은 페인트칠, 살짝 벗겨진 바닥, 액자로 가려놓았지만 못 자국이 선명한 벽……. 손님들 눈에는 잘 보이지 않지만, 나만이 알고 있는 그 부분들이 다른 사람들에겐 옥에 티일지 몰라도 나에게는 더없이 예쁘고 자랑스러웠다.

어느 날 한 손님과 대화를 나누다 나를 '사장님'이라고 부르는 것을 보고 흠칫 놀랐다. 손님들은 대부분 20대 중반인 나를 아르바이트생으로 착각하기 때문이다. 제가 사장인 줄 어떻게 아셨냐고 물었더니 그분이 이렇게 대답했다.

"이 공간이랑 너무 잘 어울려서요."

내 셀프 인테리어는 매우 성공적이었던 것 같다.

/ 4장 /

본격적인 손님맞이 준비 _ 메뉴

예쁜 인테리어로 입소문이 나기 시작하자 손님이 조금씩 늘어났다. 평일 저녁이나 주말은 제법 북적거리기까지 했다. 하지만 뭔가 이상했다. 분명 엉덩이를 붙일 새가 별로 없었던 것 같은데, 그에 비해 매출은 생각만큼 늘지 않았다.

카페의 콘셉트에 맞게 인테리어는 완성했지만, 아직 메뉴까지 조화롭게 완성하지는 못한 탓이었다. 인테리어에 많은 힘을 쏟아 카페를 하나의 문화로 소비하는 20~30대를 타깃으로, 동네에서 볼 수 없는 콘셉트의 공간은 완성했다. 하지만 카페가 공간 소비형이라고는 해도 손님들이 돈을 지불하는 매체는 어디까지나 '식음료'다. 그러니 매장이 손님들로 북적거리는 것에 비해 매출 상승은 크지 않을 수밖에 없었던 것이다. 인테리어로 어느정도는 손님들을 불러왔으니, 이제는 그들의 씀씀이를 너그럽게 만들어야 했다.

우리 카페의 메뉴는 평범했다. 좋지도 나쁘지도 않은, 어디에나 있는 카페 메뉴들이었다. 이것으로는 '핫플' 카페가 될 수 없었다. 20~30대를 타깃으로 한 힙한 분위기에 걸맞은, '어머, 이건 찍어야 해!'라는 감탄사가 절로 나오며 SNS 피드에 자랑하고 싶은 그런 메뉴를 만들 때였다.

/ 메뉴에도 빠질 수 없는 그것 /

메뉴 역시 콘셉트가 필요하다. 테이크아웃 위주인지 홀 위주인지, 저가 메뉴인지 작은 사치를 부르는 메뉴인지, 디저트 위주인지 커피 위주인지, 아니면 과일이나 티를 사용한 논커피 메뉴 위주인지 등등 메뉴의 콘셉트는 너무도 다양하다.

우리 카페는 2층이라 테이크아웃 주문이 거의 없어 매출의 폭이 제한적인 데다가, 차분한 분위기를 오래 즐기고 싶은 사람들이 주로 찾아왔기 때문에 자리 회전율도 느렸다. 결국 방법은 하나, '객단가'를 높여야만 매출을 상승시킬 수 있었다.

500원 1,000원을 더 주고서라도 먹고 싶은, #카페스타그램, #디저트스타그램 해시태그가 걸릴 만큼 시선을 사로잡는 메뉴를 만들겠다는 일념으로 메뉴 구성을 새로 했다. 메뉴 경쟁력을 높이는 데에는 몇 가지 방법이 있다. 다른 카페에서 흔히 볼 수 없는 메뉴를 선보인다거나, 우월한 맛을 내는 기술을 가지고 있다거나 하는 것이다. 하지만 내게는 그 두 가지 모두 불가능했다. 유명한 바리스타도, 유명한 파티시에도 아니며, 대박 터뜨릴 만한 메뉴 아이디어도 없었다.

하지만 경쟁력 있는 특별한 메뉴가 꼭 특이한 메뉴를 말하는 것만은 아니다. 우리 카페의 주 타깃은 카페를 하나의 문화생활, 취미로 즐기는 젊은 여성들이었다. 그들에게는 특이한 메뉴를 시도하기보다 오히려 대중적으로 인기 있는 메뉴를 벤치마킹해 나만의 감각을 더하는 편이 더 나았다. 또한 연트럴 파크에 널려 있는 생딸기 보틀 우유나 아인슈페너 같은 메뉴도 유행에 둔감한 이 동네에서는 내가 최초로 시작하는 상황이었기 때문에 자연스럽게 경쟁력을 높일 수 있었다.

하지만 뭐든 처음에는 위험 부담이 따르는 법이라 솔직히 걱정됐다. 가격은 손님들이 가장 민감하게 생각하는 부분 중 하나다. 손님 한 명이 아쉬운 상황에서 혹여나 옆 가게들보다 비싸다고 생각돼 그나마 있던 손님들 발길마저 뚝 끊길까 봐 걱정이었다. 또한 번화가 상권이 아니기 때문에 트렌디한 메뉴에 대한 손님들의 반응도 우려스러웠다.

하지만 '우리 동네에 이런 카페가 있었네' 하며 손님들이 찾아와 주는 지금이야말로 망설임을 버리고 용기를 낼 때였다. 얼마나 어렵게 여기까지 왔는데, 그냥 동네의 인테리어만 예쁜 카페로 남기는 싫었다.

/ 선택과 집중 /

경쟁력 있는 메뉴를 위한 또 한 가지 방법은 메뉴의 '퀄리티'를 높이는 것인데, 그러려면 일단 메뉴의 가짓수가 많으면 안 된다. 동네 카페들을 보면 메뉴가 40개가 넘는 곳들이 흔하다. 카페 음료 레시피는 꽤 간단하기 때문에 메뉴를 늘리는 것이 크게 부담되는 일이 아니라서 그렇다. 유행과 손님의 요구에 따라 한 가지 한 가지 늘리다 보면 메뉴판의 공간이 부족한 상황에 이른다. 이렇게 되면 재고 관리가 어려워 신선한 재료를 사용할 수가 없고, 결과적으로 메뉴의 퀄리티는 떨어지고 만다. 백종원 아저씨가 항상 메뉴

수를 줄이라고 하는 것이 이 때문이다. 또한 이것은 꼭 '갬성 낭낭'한 카페에만 해당하는 것이 아니다. 테이크아웃 위주의 매장이어도 메뉴 수가 많을수록 작업 효율이 높지 않아 주문이 자주 밀리게 된다. 따라서 콘셉트와 상관없이 메뉴의 가짓수는 되도록 많지 않은 것이 좋다.

'선택과 집중'을 하자는 마음으로 기존의 평범한 음료 메뉴를 대거 줄이고, 메뉴의 업그레이드와 신메뉴 개발에 힘쓰기 시작했다. 우리 카페만의 시그니처 라테를 만들고 다른 곳에서 잘 사용하지 않는 재료들을 사용해 근처 카페들에는 없는 메뉴를 개발하는 데 힘을 쏟았다. 겨울 시즌 인기 메뉴인 유자차는 너무 평범하니 청귤차로 바꾸었고, 어디서나 볼 수 있는 레모네이드 대신 블루베리 레모네이드를 만드는 식으로 메뉴의 전반적인 구성을 바꾸었다. 스스로 뿌듯했고 손님들도 나의 정성을 알아줄 것이라 생각했다. 하지만 긍정적인 반응과 함께 예상치 못한 반응도 겪었다.

카페 메뉴는 사용하는 재료와 도구들이 대부분 정해져 있기 때문에 다양하기가 어렵다. 그래서 다른 곳에서 쉽게 볼 수 없는 메뉴로 초반에는 긍정적인 반응을 이끌어낼 수 있었다. 하지만 나도 그렇고 보통의 사람들을 보면 한두 번 새로운 메뉴를 시도해보긴 할지라도 결국에는 원래 즐겨 먹던 익숙한 메뉴로 돌아가기 마련이다. 그리고 늘 새롭고 특별한 것만 먹고 싶은 것도 아니다. 부담 없이 즐기고 싶은 날도 있는 건데 너무 새로운 메뉴들로만 구성해놓으면 손님들 입장에서는 다소 부담스러울 수 있다. 나는 이걸 미처 생각하지 못했다.

관광지나 번화가 상권같이 뜨내기손님이 대부분인 상권의 경우에는 이런 것들이 별로 문제가 되지 않지만, 우리 카페는 재방문이 자주 이루어져야 하는 동네 상권이기 때문에 수정이 필요했다. 중국식 냉면도 삼선볶음밥도 맛있지만 결국 가장 잘 나가는 메뉴는 자장면이다. 스테디셀러 메뉴는 그대로 유지하되 우리 카페만의 차별화된 메뉴를 적절하게 조합했어야 했는데, 열정이 넘쳐 모든 메뉴에 너무 많이 힘을 줬더니 이건 선택과 집중이 아니라 그냥 '투머치'였다.

한 번의 실수를 통해 모든 메뉴에 힘을 들여야 한다는

압박감에서 벗어나자 메뉴 구성이 더욱 쉬워졌다. 기본적인 카페 메뉴들은 그냥 두고, 가게를 대표할 수 있는 시그니처 메뉴와 시즌별로 기획한 과일 메뉴들을 추가하는 것으로 메뉴 구성을 수정했다. 예를 들어 가장 많이 찾는 에이드 음료인 레모네이드를 다른 카페에도 흔하다는 이유로 메뉴에서 없앨 필요는 없었다. 레모네이드를 메뉴에 두되 생레몬을 사용한다든지, 데커레이션에 더 신경을 써서 퀄리티를 높이면 되는 것이었다. 거기다 흔치 않은 복숭아 자두 에이드, 청귤 에이드 등을 함께 구성하여, 대중성과 차별성을 모두 갖춰 손님들에게 다양한 선택지를 제공했다.

옷에 비유해봐도 기본 아이템, 자주 입는 아이템, 특별한 날에 입는 아이템을 갖춰놔야 다양한 연출이 가능하지, 가장 화려하고 예쁜 옷들만 있으면 옷장은 그럴싸해 보일지라도 실용성은 떨어진다. 이처럼 메뉴 구성도 옷장 정리를 한다는 생각으로 접근해보면 쉽지 않을까? 반드시 있어야 하는 기본 메뉴, 손님들이 대중적으로 찾는 인기 메뉴, 자신 있고 특색 있는 메뉴로 구성하고 그 외의 것들은 과감하게 메뉴판에서 지우는 것이다.

/ 여기에만 있는 메뉴 /

차별화를 위해 10~20% 정도만 다른 곳에서 볼 수 없는 독특한 메뉴로 구성해놓는 것이 좋겠다고 생각했다. 다른 곳에서 볼 수 없는 독특한 메뉴. 바로 '시그니처 메뉴'다. '카페○○'을 찾아와 '○○라테'를 마신다면 가게 이름도 더욱 기억에 남고 색다른 재미도 느낄 수 있을 것 같았다.

시그니처 음료 메뉴는 과일 음료나 티 전문 카페가 아니라면 커피 메뉴로 개발하는 것이 좋다. 아무래도 '카페=커피'라는 인식이 강하니 커피 메뉴로 시그니처 음료를 개발하면 가장 주문하기 쉬울 것이고, 전문적인 느낌을 줄 수도 있기 때문이다.

아메리카노, 카페라테, 카푸치노와 같은 기본 메뉴들은 그대로 유지하면서 시럽이 들어간 달콤한 라테를 시그니처 라테로 바꾸면 좋겠다는 생각이 들었다. 바닐라라테나 캐러멜마키아토, 카페모카는 특색이 없고, 의외로 주문도 많지 않았다. 기본 라테보다 500원이 더 비싸더라도 팔리지 않으면 매출에 도움도 안 되고 괜히 메뉴판만 차지한다. 또한 퀄리티를 높이기도 쉽지 않고 높일 수 있다 해도 어디에나 있는 메뉴라 손님들에게 어필하기 어려울 듯했다.

그 당시 크림커피가 유행하기 시작했다. 모양도 예쁘고, 달달하고 부드러운 맛으로 여성들에게 인기가 아주 좋았다. 그래서 우리 카페만의 시럽이 들어간 달콤한 라테에, 크림을 얹고 시나몬으로 마무리한 시그니처 라테를 개발해 메뉴에 추가했다.

또한 아메리카노나 카페라테처럼 깔끔한 맛을 선호하는 손님들을 위해 너무 달지 않은 메뉴도 함께 고안했다. 커피 관련 서적들을 보며 공부하다 오렌지 리큐어를 넣은 '오렌지 비앙코'라는 이탈리아 커피를 알게 되었다. 우리나라 카페에서는 쉽게 볼 수 없는 메뉴여서 흥미로웠다. 시장에서 오렌지를 구입해 손수 청을 만들어 테스트해보았다. 달콤하면서도 상큼하게 마무리되는 맛이 아주 좋았고, 오렌지 슬라이스와 허브로 데커레이션 하니 모양새는 물론 향도 풍부했다. 단맛을 좋아하는 손님도 그렇지 않은 손님도 모두 부담 없이 즐길 수 있을 것 같았다. 나는 두 메뉴 모두 '얼죽아'인 젊은 층을 겨냥해 과감히 '온리(Only) 아이스'

메뉴로 기획했다.

소확팁» 커피 음료를 개발할 때는 리빙 전문 잡지나 커피 관련 책들을 통해 레시피에 대한 영감을 얻는 것이 좋다. 커피는 나라마다 레시피가 다양해 서적을 보다 보면 활용할 수 있는 것들이 많다. 유튜브나 블로그는 요즘 유행하는 음료 위주로 다루기 때문에 '홈카페'용으로 참고할 만한 수준이다. 단순히 취미로서가 아닌 카페 사장으로서 커피를 배울 때는 조금 더 깊게 공부를 하는 것이 장기적으로 좋다.

신메뉴 개발과 동시에 메뉴에서 없앤 바닐라라테와 캐러멜마키아토, 카페모카를 찾는 손님들은, 당연히 있을 거라고 생각한 메뉴가 없어서 처음에는 당황해했다. 하지만 그것들을 주문하는 손님은 꼭 그 음료를 원해서라기보다는 달콤한 커피 음료를 마시기 위함인 경우가 대다수다. 따라서 손님이 그 메뉴를 찾는 상황이 생겨도 새로 출시한 달콤한 라테들에 대해 설명하면서 주문을 유도하면 충분히 받아들여질 것이라고 생각했다. 그리고 내 예상은 정확히 들어맞았다. 손님들은 특색 있는 메뉴에 큰 관심을 보였고, 이곳에만 있는 달달한 커피 한 잔을 만족스럽게 비웠다.

시그니처 메뉴를 개발한 덕분에 카페의 경쟁력을 키우고, 손님들에게도 차별성을 어필할 수 있었다. 또한 시그니처 메뉴와 같이 부가 가치가 높은 메뉴들을 중점적으로 판매하다 보니 매출 상승은 당연했다. 가장 기본적이면서도 판매가 많이 되는 기존 메뉴는 유지하고 자리만 차지하는 메뉴 대신 더 경쟁력 있는 메뉴를 추가하는 것으로, 마침내 제대로 된 선택과 집중에 성공한 것이다.

/ 똑같은 메뉴도 더 특별하게 /

시그니처 라테로 성공적인 반응을 이끌어냈지만, 이것만으로는 부족했다. 우리 카페 근처에는 커피 로스팅을 전문적으로 하는 카페가 세 곳이나 있었다. 그에 비해 나는 커피에 대한 전문 지식과 기술이 없었기 때문에 색다른 커피 메뉴로 재미를 줄 순 있어도 이것만으로 승부하기에는 무리가 있었다.

그렇다면 다들 시럽과 파우더로 간단하게 해결하는 '논커피 메뉴'들로 차별화를 두는 것은 어떨까 하는 생각이 들었다. 생각보다 커피를 마시지 않는 손님도 많았고, 이 동네 카페 중에 제철 과일이나 직접 휘핑한 크림으로 음료를 만드는 곳도 없었다. 여기에서 유일하게 20대 사장인 내가 젊은 감각의 데커레이션을 뽐낼 수 있는 절호의 기회였다.

시럽의 인위적인 단맛이 아닌 재료의 향이 살아있는 논커피 메뉴를 만들기로 했다. 그 당시 보틀 밀크티, 홍콩·대만 밀크티 바람이 불었다. 젊은 층에게 인기 있는 메뉴라 이거다 싶어 우리 카페만의 밀크티를 개발했다. 보통 카페에서 주로 사용하는 홍차 라테 파우더가 아닌 얼그레이 찻잎으로 직접 시럽을 만들어 맛이 훨씬 부드러웠다. 또한 생과일로 청이나 퓌레를 만들고, 착즙하거나 과육으로 모양을 내는 등 다양한 레시피를 연구했다. 시럽이나 파우더를 쓰는 대신 직접 시장에 가서 생과일을 구입하니 할 수 있는 게 참 많았다.

개발을 마치고 보니 에이드, 주스, 라테, 스무디 등 우리 카페의 논커피 메뉴들 중 시판용 시럽을 사용한 메뉴가 단

하나도 없게 되었다. 비록 옆 카페보다 500~1,000원 더 비싸긴 하지만, 보는 맛까지 더해진 음료에 손님들은 돈을 아까워하지 않았다. 커피 음료도 사랑받았지만, 주로 과일 음료 등의 논커피 메뉴들이 SNS 피드를 도배하기 시작했다.

많은 사람들이 카페 메뉴 개발에 골머리를 앓는다. '음료가 다 거기서 거기지'라는 생각을 하면서 말이다.

나도 처음에는 카페 메뉴가 참 단조롭다고 생각했다. 그런데 파우더 대신 찻잎을, 시럽 대신 생과일을, 가스 휘핑기를 이용한 크림 대신 직접 휘핑한 부드러운 크림을 사용하니 만들 수 있는 메뉴도 많았고, 응용할 수 있는 방법도 무궁무진했다. 카페 메뉴를 개발할 때 중요한 것은 레시피가 아니라 '재료'다. 원두, 우유, 시럽이라는 딸랑 2~3개의 재료로는 마스터 셰프가 와도 어쩔 도리가 없을 것이다.

/ 메인 메뉴 자리를 꿰찬 사이드 메뉴 /

최근 몇 년간 '작은 사치'라는 새로운 트렌드로 베이커리와 디저트 카페는 유망한 창업 업종이었다. 그러면서 예전에는 단순히 '사이드' 메뉴에 지나지 않았던 디저트가 지금은 카페의 중요한 아이템이 되었다.

우리 카페의 손님들은 케이크, 쿠키, 샌드위치, 베이글 등 커피와 곁들일 만한 다양한 사이드 메뉴들을 찾았다. 하지만 종류가 다양해 어떤 걸 하면 좋을지 방향을 잘 잡지 못했다. 손도 많이 가고 다른 할 일이 많아 미룬 것도 있었다. 그런데 하루빨리 우리 카페만의 경쟁력 있는 사이드 메뉴를 개발해야 할 이유가 생겼다. 음료만으로는 매출의 한계가 분명했기 때문이다. 손님 한 명이 두 잔의 음료를 마시도록 유도하는 것은 매우 어렵다. 하지만 음료 한 잔에 사이드 메뉴 하나를 같이 주문하도록 하는 것은 그다지 어렵지 않다. 보통 카페는 식사 후에 방문하는 경우가 많기 때문에 입가심할 수 있는 디저트 메뉴가 눈에 들어오기 쉽기 때문이다.

무엇보다 우리 카페의 주 타깃은 디저트의 주 소비층인 젊은 여성이었다. 그들에게 음료만으로는 뭔가 허전했고, 그들의 니즈를 만족시키지 못한다면 지속적인 사랑을 받기 어려울 것이라는 생각에 사이드 메뉴 개발을 서두르기 시작했다.

실제로 상가를 직거래하는 커뮤니티의 카페 매물 글에서 흔히 보이는 말이 있다. '음료만 하고 있는데 손님들이 디저트를 많이 찾으세요.' '디저트까지 하시면 매출이 굉장히 오를 거예요.' 이 말은 내가 계약한 매장의 전 사장님도 똑같이 한 말이었다. 경제적 어려움으로 폐업 위기를 겪는 마당에 매출을 올릴 방법을 알고 있으면서도 왜 다들 시도하지 않는 것일까? 의문이 들곤 했는데, 직접 해보니 그 이유를 알 수 있었다.

음료는 주문 즉시 만들면 되지만, 사이드 메뉴는 하루 판매량의 완제품을 미리 준비해놓아야 한다. 만드는 기술도 익혀야 하고 준비 작업에 시간과 노동이 들어가며, 결정적으로 재고 관리가 어렵다. 카페의 가장 큰 경쟁력은 밑 작업 없이 그때그때 제조하기 쉽고 재고 걱정이 적다는 것인데, 그런 면에서 사이드 메뉴는 몹시 부담스러운 사항인 것이다.

그래서 많은 카페들이 가장 손쉬운 방법을 택한다. 냉동 디저트를 해동하거나, 업체에서 납품받는 것이다. 이렇게 하면 손이 적게 가고 관리하기도 쉽다. 하지만 원가가 높아 마진이 굉장히 낮다는 것이 치명적인 단점이다. 또한 손님들의 요구대로 구색을 갖추기 위해 준비해놓긴 하는데, 사실상 순수익 측면에서는 별 도움이 안 되기 때문에 그마저도 재고 관리를 소홀히 하게 되기 십상이다.

음료 메뉴 개발만큼 수월하지가 않아서 나 또한 완제품을 고민했다. 하지만 맛에 멋까지 더한 음료 옆에 냉동 디저트가 함께 있다고 생각하니 끔찍할 정도로 어울리지 않았고, 손님들을 실망시킬 게 뻔해 보였다. 그래서 직접 디저트를 만들되, 주문이 들어오는 즉시 쉽게 만들 수 있는 메뉴를 찾았다. 베이킹에 대한 전문 지식도 없는데 괜히 이것저것 욕심을 부리다가는 재고 관리가 엉망이 될 것 같았기 때문이다.

기준을 정하고 서적과 인터넷을 뒤져보다 눈에 들어온 것이 바로 '토스트' 메뉴였다. 프랜차이즈 카페 어디서나 볼 수 있는 허니브레드는, 재료가 간단하고 조리하기도 쉬운데 부드러운 빵에 달콤한 크림과 시럽이 토핑되어 있어 누구나 좋아하는 대중적인 디저트였다. 또한 작은 크기에 가격이 사악한 여느 디저트들과는 달리 푸짐했다. 실제로 공부하다 보니 우리나라의 허니브레드가 다른 나라에서도 사랑받는 메뉴인 것을 알게 되었다. 일본에서는 시부야 토스트, 방콕에서는 허니 토스트라는 이름으로 똑같은 통식빵 위에 토핑 재료와 플레이팅만 달랐다.

그렇게 허니브레드를 모티브로 더욱 고급스러운 메뉴를 연구했다. 냉동이 아닌 부드러운 우유식빵에 수제 생크림을 베이스로 생과일, 수제 잼, 아이스크림을 활용해 딸기 토스트, 복숭아 토스트, 무화과 토스트, 초코바나나 토스트 등 다양한 토스트 레시피를 개발했다. 또한 과일만으로는 단조로울 수 있으니 그 당시 유행하던 앙버터 바게트에 영감을 받아 앙버터 토스트도 추가했다.

가격이 조금 비싸서 걱정했었는데, 출시되고부터 여기가 카페인지 토스트 가게인지 모를 정도가 되었다. 이 동네

에 워낙 디저트 카페가 없었기 때문에 보기도 좋고 맛도 좋은 푸짐한 토스트에 손님들은 아낌없이 지갑을 열었다. 다른 카페의 허니브레드보다 1,500~2,000원 정도 비싼 가격이었지만, 겉보기에도 확연히 다른 퀄리티에 비싸다는 손님을 한 번도 본 적이 없었다. 손님들에게는 만족감을, 나에게는 매출 상승을 안겨준 사이드 메뉴는, 사이드를 넘어 메인 자리를 꿰차게 되었다.

실제로 경험해보니 왜 디저트 카페가 창업에 더 유리한지를 알 수 있었다. 디저트에 대한 손님들의 선호도에 비해 경쟁력 있는 디저트를 제공하는 카페가 많지 않기 때문이었다.

그리고 확실히 사이드 메뉴 개발은 음료 개발보다 몇 배는 더 어렵고, 시행착오도 많다. 하지만 디저트를 하나의 '사치품'으로 생각하면 아주 어렵지는 않다. 꼭 배고파서 먹는 것이 아니라 기분 전환을 위한 음식이라고 생각하면 되는 것이다. 그중에서도 카페의 디저트는 일상의 작은 힐링을 더해주는 정도면 충분하다.

따라서 전문 베이커리가 아닌 이상 너무 큰 부담을 가지지 않아도 된다고 생각한다. 나처럼 프랜차이즈 카페의 디저트 메뉴에서 영감을 받아도 좋다. 허니브레드가 프랜차이즈 카페의 사이드 메뉴라는 것은, 달리 말하면 재고 관리와 제조가 간단하다는 뜻이다. 아니면 과거에 유행했던 아이템에 새로운 아이디어를 더하는 방법도 있다. 유행했던 것들은 이미 대중들에게 검증받은 가장 안전한 아이템이기 때문이다. 유행은 돌고 돌며, 세상에는 생각보다 새로운 것들이 별로 없다. '아주 대단한 것을 만들어 보이겠어!'라는 마음도 좋지만, 기존에 있던 것들에 자신만의 스타일을 약간만 첨가하는 것으로도 충분히 손님들에게 색다름을 선사할 수 있다.

/ 레시피의 시작과 끝 /

지금까지 이야기한 것처럼 높은 퀄리티의 독창성 있는 메뉴를 개발하는 것은 카페 시장에서 경쟁력을 키우는 가장 좋은 방법이다. 하지만 이외에도 아주 영리한 방법이 하나 더 있다. 바로 '플레이팅'의 마법이다. 보기 좋은 떡이 먹기도 좋다는 말은 사실 식당보다 카페에 더 어울리는 말이다.

재료의 퀄리티와 맛, 그리고 무엇보다 메뉴의 차별화를 위해 힘썼지만, 우리 카페의 음료나 디저트는 주변 카페들보다 최소 500원에서 최대 2,000원가량 비싼 가격이었다. 퀄리티가 어떻든 간에 웬만한 밥값과 비슷한 가격이니만큼 손님들에게 최대한의 만족감을 줘야겠다고 생각했고, 그러기 위해서는 작은 디테일 하나도 놓칠 수 없었다.

그래서 레시피만큼이나 열심히 연구했던 것이 플레이팅 기술이었다. 나는 늘 메뉴를 개발할 때마다 이 음료가 어떤 잔에 어떻게 담겼을 때 가장 예쁜지, 디저트가 어떤 접시에 어떤 모양으로 담겼을 때 가장 시선을 사로잡을 것인지를 고심했다. '크림을 단단하게 휘핑해서 모양을 잡을까, 아니면 묽게 해서 흐르듯이 얹을까?' '티라미수는 사각형 모양으로 만들까, 아니면 조각 케이크 모양으로 만들까?' 심지어 생과일을 토핑하는 음료는 음료와 어울리는 포크와 스푼, 컵 받침 컬러까지 신경을 썼다.

그러면 조금 수고스럽긴 해도 손님들 입장에서는 주문한 메뉴를 받는 기분이 많이 달라진다. 아무리 맛있고 좋은 재료로 만든 음식도 어디에 어떻게 담느냐에 따라서 평가가 크게 달라진다는 것은 누구나 아는 사실이다. 그래서 좋은 호텔, 고급 식당에서도 음식의 퀄리티만큼이나 정성을 쏟는 것이 바로 플레이팅이다. 음식은 기본적으로 배가 고파서, 목이 말라서도 있지만, 즐거움을 추구하고자 하는 욕망을 충족시켜주는 역할도 하기 때문이다.

따라서 플레이팅 또한 레시피라고 생각해야 하며, 어떻게 보면 플레이팅은 레시피의 시작과 끝이라고도 할 수 있다. 어떤 잔 혹은 어떤 접시에 담을 것인지가 레시피의 첫 시작이고, 어떤 데커레이션으로 마무리할 것인지가 레시피의 마지막인 것이다.

동네 카페인데 잔이며 접시며 굳이 플레이팅까지 신경 써야 하나 싶을 수도 있다. 만약 박리다매 전략이라면 플레이팅은 과감하게 포기해도 좋다. 그런데 그게 아니라면 굳이 신경 쓰지 않을 이유는 또 무엇인가 싶다. 손님에게 식음료를 제공하려면 어차피 식기류에 담아야 하는데, 식기류를 구매할 때 조금만 더 고려하고 담을 때 조금만 더 신경 쓰면 그만인 일이다. 그렇게 해서 손님들은 행복해하고 매출은 오를 수 있다면 그 정도의 노력쯤이야 안 하면 손해인 것 아닐까?

소확팁» 카페 창업에는 여러모로 감각이 필요하다. 타고난 미적 감각이 있는 사람들은 인테리어부터 플레이팅까지 훨씬 수월할 것이다. 그렇다고 해서 '똥손'인 사람이라고 걱정할 건 없다. 지금은 스마트폰만 있으면 온갖 플레이팅 예시들을 쉽게 찾아볼 수 있다. 보통 SNS를 많이 참고하곤 하는데, SNS는 가장 흔한 플레이팅 예시들이 많아서 자칫하면 개성을 잃게 될 수도 있다. 그 대신 구글과 유튜브에 메뉴 이름을 영어로 검색하면 특색 있고 다양한 플레이팅 예시들이 많이 나오니 참고하기에 좋다.

/ 5장 /

우리 집에 어서 오세요_ 마케팅

설계를 하고, 집을 짓고, 손님맞이 준비를 마쳤으니 이제는 사람들을 불러 모을 차례다. 바로 '마케팅'을 시작할 때라는 것이다. 마케팅은 생각만큼 어려운 일이 아니다. 그저 '여기에 이런 곳이 있다'라는 걸 사람들에게 알리는 일이다. 그래서 '초대장'을 보낸다고 생각하면 쉽다. 꿈에 그리던 우리 집이 완성되어서 집들이나 홈파티를 위해 손님들을 초대한다고 생각해보자. 이때 고려해야 할 것은 다음과 같다.

첫째, 누구에게 어떤 방법으로 초대장을 보낼 것인지를 정해야 한다. 둘째, 받은 사람이 초대장을 보고 놀러 오고 싶다는 생각이 들도록 만들어야 한다. 셋째, 손님들이 헛걸음하지 않도록 약속한 시간에 항상 준비되어 있어야 한다. 넷째, 손님들이 다시 놀러 오고 싶도록 손님들이 있는 동안 최선을 다해야 한다.

너무도 당연한 말들이지만, 생각해보면 카페 마케팅에서 고려해야 할 것들과 별반 다를 게 없다. 타깃으로 한 사람들에게 가장 효과적인 방법으로 카페를 알리고, 약속된 시간에 문을 열어 좋은 서비스를 제공하며, 이벤트가 있을 때마다 손님들에게 공지하기만 하면 그것이 마케팅인 것이다.

/ 손가락 하나로 초대장 돌리기 /

초대장을 돌리는 방법으로는 전단지나 옥외 광고, 지역 방송 광고 등이 있다. 하지만 지금은 스마트 시대. 스마트폰과 SNS 계정만 있으면 밖을 돌아다니거나 광고비를 지출하지 않고도 누구나 마케팅을 할 수 있게 되었다. 단군 이래 마케팅하기 가장 좋은 시대가 열린 것이다.

그러면서 SNS 마케팅은 편리함을 넘어 거의 필수적인 요소로 자리 잡았다. 개인의 생활을 공유하는 것에서 그치지 않고, 유통 채널로까지 확대됨에 따라 이제는 타깃을 떠나서 SNS를 사용하지 않으면 마케팅이 아예 불가능한 상황에 이른 것이다. 사람들은 이제 길을 걸으면서 주변을 둘러보는 게 아니라 고개를 푹 숙이고 휴대폰 화면에만 집중한다.

활발하게 업로드를 하느냐, 눈팅만 하느냐의 차이지 요즘은 대부분이 SNS를 이용한다. 그래서 가게를 홍보하려고 할 때 개인적으로 사용해왔던 SNS 채널을 선택하는 경우가 많다. 하지만 마케팅을 목적으로 할 때는 나의 편의가 아닌 손님 타깃층을 고려해서 채널을 선택해야 한다.

홍보의 목적이 '최대한 많은 사람들에게 알리는 것'이라는 생각은 반은 맞고 반은 틀리다. 많이 알리는 것만큼 중요한 것은 '누구에게 알리는지'다. 효과적으로 홍보하기 위해서는 마구잡이로 난사하는 것이 아니라 자신이 타깃으로 하는 이들을 정조준해야 한다.

SNS 마케팅은 SNS에 친숙한 세대인 내가 접근하기 쉬웠고, 무엇보다 돈이 없는 나로서는 유일한 방법이기도 했다. 어떤 채널을 이용할지 고민하는 내게 주변의 많은 사람들이 블로그 운영을 추천했다. 사장의 일상 글을 올리면서 자연스럽게 홍보해보라는 권유였다. 하지만 내 생각은 조금 달랐다. 그때의 분위기로는 많은 사람들이 블로그에서 인스타그램으로 넘어가고 있었고, 그 많은 사람들 중에는 20대 여성들이 가장 두드러졌다. 여러 SNS 채널들이 생겨나면서 30대 이상은 네이버 블로그와 카페, 카카오스토리, 페이스북, 20대는 인스타그램, 유튜브를 이용하는 경향이 생겨난 것이다.

그리고 블로그는 여전히 SNS 마케팅의 강자긴 하지만, 여러 개의 사진을 올려야 하며 일정 분량의 글을 작성해야 하는 부담이 있다. 반면 인스타그램은 사진 한 장과 글 한두 문장으로도 확실하게 메시지를 전달할 수 있는 효과적인 플랫폼이다. 홀로 매장을 운영하며 여러 부분에 신경을 써야 하는 나로서는 인스타그램이 가장 편리했다. 업체를 이용해서 모든 채널을 통해 홍보할 수 있었다면 걱정 없었겠지만, 혼자서 모든 채널을 운영하기에는 역부족이었고, 자칫 잘못하면 관리가 소홀하다는 인상만 줄 게 뻔했다. 따라서 욕심부리지 않고 우리 카페의 주 타깃층이 가장 많이 이용하는 SNS 채널 하나만 지속적으로 운영하기로 결정했고, 곧바로 카페의 인스타그램 계정을 만들었다.

/ 속임수 쓰지 말고 오직 꾸준히 /

홍보를 위해 본격적으로 인스타그램의 세계를 들여다보

았다. 다른 상업 계정의 예쁜 사진 한 장에 적게는 수백 개, 많게는 천 개가 넘는 '좋아요'가 눌러져 있었다. 그걸 보고 '나도 사진만 예쁘게 잘 올리면 금방 많은 사람들에게 알려지고 유명해지겠지'라며 희망에 찼다. 하지만 기대는 언제나 현실과 다른 법. 사진을 잘 찍는 친구에게 부탁해서 건진 예쁜 사진을 올려도 '좋아요' 수는 10개를 겨우 넘겼고, 팔로워 수도 쉽게 늘어나지 않았다. 뭔가 이상하다는 생각에 바이럴 마케팅 업체에 근무하는 지인의 지인을 통해 알아보니, 많은 상업 계정들은 매크로를 해주는 광고 업체를 이용하여 팔로워 수와 '좋아요' 수를 늘린다는 것을 알게 되었다.

'나도 돈을 주고 매크로를 사용해야 하나?' 고민에 휩싸였다. 하지만 아무리 해도 그것은 잘 이해가 안 되는 방법이었다. 돈을 내야 하는 점에서도 부담이 되었지만, 돈을 떠나서 팔로워 수가 늘어나고 '좋아요' 수가 늘어나도 그것이 모두 매크로 때문이라면 사실상 홍보를 하는 진정한 의미가 없는 것 같았다. 광고 업체를 이용한 상업 계정 게시물에 '좋아요'를 누른 사람들을 분석해보니, 외국 사람부터 지리적으로 방문 가능성이 거의 없는 사람들, 또 다른 상업 계정이 대부분이었다. 한 개의 '좋아요'를 받더라도 실제 방문으로 이어질 수 있는 잠재적 손님의 '좋아요'가 진정으로 의미 있는 것 아닐까?

SNS 마케팅의 진실에 대해서 어느 정도 알게 된 후부터는 팔로워 수와 '좋아요' 수에 집착하지 않게 되었고, 다른 카페들과도 비교하지 않게 되었다. 눈에 띄는 매출 변화는 없어도 지금까지 묵묵히 내 할 일을 해왔던 것처럼 SNS 마케팅도 그러기로 했다. 아무런 반응이 없어도 혼자 떠들 듯이 매일같이 업로드 했다.

공부도 필요했다. 쉬워 보였던 SNS도 나름의 로직과 알고리즘 같은 것이 있었다. 개인적인 일상의 기록이 아닌 홍보를 위한 상업 계정을 관리하기 위해서는 이에 대해 어느 정도 알아야 할 필요성이 느껴졌다. 카페의 위치 태그를 만들고, 주 타깃층에게 노출될 만한 해시태그 키워드를 분석해 덧붙이는 것을 잊지 않았다. 그렇게 매일매일 업로드 하자 처음에는 열 몇 개에 지나지 않았던 '좋아요' 수도 시간이 지나면서 20~30개, 70~80개를 넘어가기 시작했고, 나중에는 200개 정도로까지 그 수가 꾸준히 늘어났다. 팔로워 수도 마찬가지였다. 처음에는 하루에 한 명 늘기도 힘들었는데, 계정을 만들고 6개월 정도 지났을 무렵에는 500명을 넘어섰다. 그렇게 대단해 보이지 않을 수도 있지만, 동네 카페에 순수 팔로워 500명이면 적은 숫자라고는 볼 수 없을 것이다.

소확팁» 게시물을 업로드 할 때는 반드시 가게명 해시태그를 덧붙이고, 위치 태그를 잊지 말아야 한다. 게시물이 한 해시태그에 모여야 사람들이 찾아보기에 편하고 눈에도 확 들어온다. 위치 태그를 만드는 것이 조금 어렵고 귀찮은데, 먼저 페이스북에 위치를 등록해야만 위치 태그 생성이 가능하다. 해당 위치로 위치 태그가 안정적으로 잡히는 데에는 며칠 정도 걸리기 때문에 오픈 전에 미리 등록해두는 것이 좋다. 위치 태그가 없을 시 손님들이 각자 등록하는 경우가 있는데, 그러면 태그가 분산되어 우리 카페를 찾아보는 사람들에게 부정확한 정보를 주게 될 수도 있다. 무조건 먼저 위치 태그를 등록해 손님들의 게시물이 하나의 태그에 모여 잘 노출될 수 있도록 만들어야 한다.

그렇게 꾸준히 업로드 한 덕분에 속도는 느려도 우리 카페를 인근 젊은 여성들에게 홍보할 수 있었다. 어느새 손에 지도 앱을 켜고 두리번거리며 찾아오는 손님들로 가게가 가득 차기 시작했다. 거기다 나 혼자만 올리는 것이 아니라, 다녀간 손님들이 자신의 계정에 우리 카페의 인테리어나 메뉴 사진을 업로드 하면서 많은 사람들에게 빠르게 퍼져나갔다. 그러자 인스타그램을 시작으로 페이스북, 블로그를 통해서도 맛집, 데이트 코스 페이지들에 자연스레 소개되었다. 하루는 인스타그램을 본 어느 잡지사의 에디터분에게 연락이 와 유명 매거진에까지 소개되는 좋은 기회도 얻을 수 있었었다. 그렇게 2층의 간판도 안 보이던 카페가 인스타그램을 통해 세상 밖으로 나오게 된 것이다.

처음에는 광고 업체를 이용하지 않고 SNS 마케팅에 성공할 수 있을지 많은 의심이 들었다. '인싸' 계정들의 몇천개가 넘는 '좋아요' 수를 보면서 주눅이 들었고, 유치하지만 상대적 박탈감마저 느껴졌다. '좋아요'도 없고 댓글도 달리지 않는 게시물을 올리다 보면 외롭다. 성심성의껏 올린 게시물에 10개를 밑도는 '좋아요' 수를 보다 보면 의욕이 상실되어 대부분 중간에 SNS 계정 운영을 소홀히 하게 된다. 어차피 반응도 없고, '과연 누가 보긴 하려나' 하고 의구심이 든다.

하지만 겉으로만 친한 10명의 친구보다는 한 명의 진정한 친구가 훨씬 더 가치 있는 것처럼, 속임수를 쓰지 않고 꾸준히 늘려나간 팔로워는 기계가 만들어준 가상의 팔로워보다 훨씬 더 귀중한 힘을 가진다. 그 수가 아무리 작더라도, 정성으로 쌓은 팔로워와 '좋아요'에는 온기와 진심이 담겨 있다는 것을 모두가 알기 때문이다.

/ SNS 계정의 세 가지 역할 /

♦ 첫 번째 역할 : 모바일 쇼룸

사람들은 왜 작은 카페의 SNS 계정을 찾아보는 것일까? 그 이유 중 하나는 무엇을 파는지, 공간은 어떤지를 확인하기 위함이다. 지금의 젊은 소비자들은 어느 곳이든 그냥 가지 않는다. 조금 수고스럽고 시간이 걸리더라도 미리 SNS로 사전 답사를 한 후 방문한다. 그러던 중 '오, 여기 괜찮다!' 싶고 '취저' 당하면 바로 지도 앱을 켜고 달려가는 것이다.

그래서 SNS는 하나의 '모바일 쇼룸'이라고 볼 수 있다. 쇼룸을 둘러보다 보면 물건을 구매하고 싶어지는 것처럼, SNS를 보다 보면 방문 욕구가 생기는 것이다.

대부분의 SNS가 노출 수나 방문자 수를 통계로 제공하기 때문에 확인이 가능한데, 이는 팔로워 수, '좋아요' 수보다 훨씬 많다. 실제로 내가 업로드한 게시물의 '좋아요' 수가 100개를 조금 넘었는데 본 사람은 600명이 넘었다. 흔적을 남기지 않는 것일 뿐, 생각한 것 이상으로 많은 사람들이 우리 카페와 관련된 게시물들을 보고 있었던 것이다. 이렇게 많은 사람들에게 노출된다는 사실을 안 이상 눈팅에서 끝나지 않도록 만들어야 했다.

많은 사람들의 카페 투어 리스트에 들어가기 위해서는 제일 먼저 SNS 계정을 잘 가꾸는 수밖에 없었다. 예쁜 사진을 척척 찍을 수 있다면야 참 좋겠지만, 사진은 재능이 필요한 일이다. 친구들 사이에서도 유명한 '똥손'으로서, 하루 종일 열심히 찍어대도 올릴 만한 사진이 없어 난감했다. 내가 찍은 사진은 방문 욕구를 자극하기는커녕 카페의 실물

보다도 못했다. 고민하다가 좋은 생각이 났다. 우리 카페의 해시태그와 위치 태그로 검색해 손님들이 올린 사진을 요청해보는 것이었다. 포토그래퍼도 아닌데, 세상에는 '금손'들이 정말 많았다. 불쾌해하면 어쩌나 걱정했지만, 손님들은 모두 기쁜 마음으로 흔쾌히 사진 사용을 허락해주었다. 그렇게 '금손'을 가진 손님들 덕분에 당장 잡지에 실려도 손색이 없을 정도로 '갬성 낭낭'한 사진들을 업로드 할 수 있었고, '우리 동네에 이런 곳이 있다고?!'라며 감탄을 자아내는 SNS 계정을 꾸려나갈 수 있었다.

업로드용 사진은 신메뉴 혹은 가게의 주력 상품으로 하고 싶은 메뉴들을 위주로 선택하는 것이 홍보 측면에서 좋다. 가게마다 마진이 좋아서라든가, 가게를 상징하게 만들고 싶다든가, 가장 자신 있다든가 등등 각기 다른 이유로 주력하는 상품들이 한두 가지씩은 있을 것이다. 나는 손님들이 올려준 예쁜 사진들 중에서 특히 토스트와 티라미수 사진을 위주로 많이 수집(?)했다. 우리 카페는 디저트 메뉴 판매에 주력했기 때문이다. 그리고 이렇게 하는 것이 실제로 주력 상품 판매에 아주 많은 도움이 되었다.

덧붙여 꼭 메뉴 사진이 아니더라도 가게를 상징하는 포토 존 혹은 마스코트 역할을 하는 반려견이나 반려묘의 사진으로도 방문 욕구를 충분히 불러일으킬 수 있다.

가끔 어떤 카페들의 SNS 계정을 보다 보면 '사진은 정말 예쁜데, 여긴 대체 뭘 파는 거야?'라는 의문이 들 때가 있다. 그런 경우 다른 SNS 채널에서 검색하거나, 일부러 위치 태그에 들어가서 더 찾아봐야 하는 수고로움이 생긴다. 자기표현이나 자기 자랑은 개인 SNS에서 하는 것이다. 상업 계정은 어디까지나 가게 홍보용임을 잊지 말았으면 한다.

♦ 두 번째 역할 : 알림판

작은 가게의 SNS 계정을 찾아보는 두 번째 이유는, 방문하기 전에 공지 사항이 있는지 확인하기 위해서다. SNS 마케팅의 가장 큰 장점은 손님들에게 안내 사항을 전달하기에 편리하다는 점이다. 옛날이라면 갑작스럽게 영업에 지장이 생기는 경우 손님들을 헛걸음하게 할까 봐 걱정했을 텐데, 지금은 SNS 덕분에 그런 부담이 많이 줄었다. 변경된 영업시간, 휴무일 혹은 주의 사항 등을 SNS를 통해 쉽게 알림으로써 손님들은 방문 전에 먼저 체크해서 헛걸음을 면할 수 있게 되었다.

하지만 그럼에도 여전히 헛걸음하게 만드는 가게들이 꽤 많다. 가끔 시장 조사차 다른 카페들을 방문하곤 하는데, 사전에 SNS 계정과 네이버 MY플레이스에 있는 안내를 확인했음에도 불구하고 문이 닫혀 있는 경우가 적지 않았다. 어찌나 화가 나던지. 한 번 이렇게 되면 아무리 유명한 곳이어도 다시 가고 싶은 마음이 안 생긴다. 물론 이런 곳들 중 많은 사람들에게 두루 사랑받는 곳은 드물긴 하지만 말이다.

자신이 공지한 영업시간과 휴무일을 지키지 않는 것이 잘못이지만, 그보다 더 실망스러운 점은 손님들을 위해서 게시물 하나 올려주지도 않는다는 것이다. 이들 대부분은 장사가 안되거나, 팔로워 수, '좋아요' 수가 적어서 '오늘 누가 찾아오겠어?'라는 마음으로 그다지 공지의 필요성을 느끼지 못할 가능성이 크다. 하지만 아닐 것 같아도 수많은 사람들이 SNS를 보고 있다. 단 한 명이라도 헛걸음하는 일이 없도록 최소한의 예의를 지키는 것이 그렇게 어려운 일일까? SNS 계정을 홍보용으로만 쓰고, 손님들과의 약속은 나 몰라라 하는 일은 결코 없어야 한다.

나는 갑작스럽게 오픈 시간이 조금 늦어지거나, 재고 소진으로 더 이상 주문이 안 되는 경우가 발생할 때마다 혹시나 헛걸음할 손님들이 걱정되어 최대한 빨리 SNS 계정에 공지 사항을 업로드 했다. 실제로 올 사람이 없다 해도 내가 겪었던 분노를 생각하면서 아무리 바빠도 사장으로서 가장 우선적으로 해야 하는 일이라고 여겼다.

SNS를 하나의 쇼룸으로 삼고 손님을 유혹하려는 것도 중요하지만, 무엇보다 사장님과 손님, 아니, 인간 대 인간으로 약속을 지키는 것은 가장 기본적인 일이다. 사실 약속을 지키지 않는다고 해도 누구 하나 뭐라 할 사람은 없다. 사장이기 때문에 뭐든 내 마음대로 할 수 있다. 하지만 그러다가는 머지않아 사장이라는 이름을 잃게 될 수도 있다. 멋들어진 공간과 메뉴보다 더 중요한 것은 손님과의 신뢰다. 오늘도 약속한 대로 영업 중일 거라는 믿음을 주는 것이야말로 그 어떤 것보다 가치 있는 마케팅이다.

♦ 세 번째 역할 : 소통 창구

개인 카페의 사장님은 하나의 상품으로서 대기업은 하지 못하는 인간적인 소통이 가능하다. 대기업에서 해주는 답변은 그저 질의응답일 뿐 소통이라고 느껴지지는 않는다. 하지만 작은 가게의 사장님이 달아주는 댓글은 다르다. '좋아요' 하나, 댓글 하나로 호감을 마구 상승시킬 수 있는 것이다. 그래서 나는 늘 침대에 누워 손님들이 올린 우리 카페의 게시물들을 확인하는 것으로 하루를 마무리했다.

SNS상의 게시물들을 보면 공간에 대한 인상은 어땠는지, 맛은 어땠는지, 서비스는 어땠는지에 대한 손님들의 솔

직한 반응을 알 수 있다. 그리고 확인한 모든 게시물에는 '좋아요'를 누르거나 감사의 인사를 댓글로 남기는 것이 좋다. 비록 안 좋은 후기일지라도 말이다.

그분들이 우리 카페의 인테리어나 메뉴 사진을 올린 이유는 개인의 일상을 전시하기 위함이지만, 어찌 됐든 내 입장에서는 하나의 홍보를 해준 것이나 다름없다. 그러니 '예쁜 사진 감사하다', '공간이 마음에 드셨는지 모르겠다' 등등 짧은 댓글이라도 남기는 것이 당연하다고 생각한다.

또 단골손님 같은 경우에는 '맞팔'을 하고, 가끔 일상적인 대화를 나누는 것도 좋다. 가게가 바빠지자 손님들과 이야기할 여유가 거의 없었다. 아쉬운 마음에 SNS로 먼저 인사를 건네보았다. 우리 카페 말고도 단골 가게는 많겠지만, 사장님과 일상적인 이야기를 나누는 곳은 많지 않을 것이다. 그 특별함 때문인지, 비록 전처럼 매장에서는 많은 이야기를 나누지 못해도 그분들은 꾸준히 카페를 찾아와 주었다. 어쩌면 나를 찾아와 준 것인지도 모르겠다.

게시물 글도 상투적인 말보다는 손님들에 대한 배려나

소통하려는 의지가 느껴지도록 적는 것이 좋다. 예를 들어 '오늘 하루 방문해주셔서 감사합니다' 같은 흔한 문장보다는 '오늘 예상치 못하게 많은 분들이 방문을 해주셨습니다. 매장이 혼잡한 탓에 뭔가 실수하진 않았을까, 마감하고 나니 마음이 무겁네요. 늘 넘치는 사랑 주셔서 감사합니다. 오늘 저녁도 행복하게 마무리하시길 바랍니다'라고 하면 요점은 전자와 똑같이 '오늘 많이 찾아주셔서 감사하다'라는 인사지만, 둘의 느낌이 아예 다르다. 후자에서는 손님에 대한 관심과 애정이 훨씬 더 잘 느껴진다. 그날 방문했던 손님들 중 서비스가 다소 미흡하다고 느꼈던 사람도 저 글을 보면 '아, 하긴 매장이 너무 붐비긴 했었지'라며 이해하게 될 수도 있을 것이다.

그리고 게시물 글과 관련하여 가장 강조하고 싶은 것은, 좋지 않은 이야기는 절대 올리지 말라는 것이다. 많은 사장님들이 가게 SNS 계정에 자신의 하소연을 올리곤 하는데, 이런 행동은 감히 '최악'이라 말하고 싶다.

나 또한 화나는 일이 생길 때면 이런 진상 손님 때문에 너무 힘들었다는 게시물을 올리고 싶었다. 단골손님에게 위로받고 싶어서였다. 하지만 몇 번 더 생각해보니 그 글을 본 손님들이 과연 '사장님 힘내세요'라며 공감과 위로를 건넬지 의문이 들었다. 그럴 수도 있겠지만, '앗, 나에 대해서도 이렇게 생각하는 거면 어쩌나' 하는 불편한 감정이 생겨 우리 카페를 편하게 이용하기 부담스러워질 것 같았다. 그래서 손님들과 소통할지언정 손님들을 '감정 쓰레기통' 처럼 생각해서는 안 된다는 결론을 내렸다.

하루는 한 손님이 음료를 주문하며 케이크 상자를 내밀었다. 조각을 내서 음료와 함께 달라는 것이었다. 아니, 디저트 카페에 케이크를 가져와서 그것도 잘라서 접시에 담아달라니. 황당한 요구에 외부 음식 반입 불가라고 말했더니 손님들은 야박하다며 일부러 들리게 나를 험담했다. 화가 치밀었지만, 다른 이야기 없이 외부 음식 반입 불가라는 공지 사항을 다시 한 번 SNS 계정에 업로드했다. 개인 계정에는 감정적인 이야기들도 쓸 수 있겠지만, 가게 계정에서는 딱 여기서 끝내는 것이 맞다고 본다.

또한 손님들에게 불편함을 주지 않기 위함도 있지만, '어떤 손님 때문에 힘들었다', '요즘 이런 게 어렵다' 등의 내용은 사장의 프로페셔널한 이미지를 깎아먹기 때문이기도 하다. SNS는 자랑용이라고 하지 않는가. 진상 손님들, 이웃 상인들, 건물주 때문에 몇 번이고 울컥울컥하더라도 SNS에서는 자랑과 쿨한 척만 해야 한다. 개인 계정뿐만 아니라 상업 계정에서도 말이다.

마지막으로 게시물을 올리거나 반응을 볼 때만 SNS에 접속해서는 안 된다. 사장이라면 SNS를 메일함처럼 생각날 때마다 가끔씩 열어보는 것이 아니라, 이유가 없어도 습관적으로 확인해야 한다.

SNS 계정을 운영한 이후로는 전화보다도 'DM(다이렉트 메시지)'이 월등히 많이 왔다. 연령대에 따라 다르지만 아무래도 SNS에 익숙한 20대에게는 메시지가 훨씬 부담 없고 편리하기 때문이다. 주차는 되는지, 애견 동반이 가능한지, '노 키즈 존'인지, 지금 빈자리가 있는지 등등 많은 질문들을 DM 혹은 댓글로 받았다.

그래서 중간중간 조금이라도 틈이 날 때마다 확인하여 가능한 한 빨리 답변할 수 있도록 했다. 그러지 않으면 손님을 놓치게 될 수도 있기 때문이었다. 또한 신경 써서 '카톡'급의 스피드로 길어야 10~20분 내외로 답하는 성실함을 보인다면 빠르고 정성스러운 응대에 손님들도 감동하지 않을까 싶었다. 그래서 나는 늘 지인들 카톡에는 답장을 안 해 욕을 먹는 한이 있어도 인스타그램에는 시도 때도 없이 부리나케 들어갔다.

/ 매출을 바꾸는 한 마디 /

꼭 손님을 가게로 불러오는 것만이 마케팅이 아니다. 마케팅의 목적은 결국 '판촉'이며, 판촉에서는 '무엇을 판매에 주력할 것인지'가 굉장히 중요하다. 주력하는 상품은 보통 판매자에게 큰 이윤을 남겨주는 상품이기 때문에 결국 어떻게 하면 그 상품을 팔 수 있을지가 마케팅의 가장 큰 관건이다.

나는 그 해답을 '접객'에서 찾을 수 있었다. 카페를 운영하면서 새롭게 알게 된 사실 중 하나는, 주문을 받을 때 내가 어떻게 응대하느냐에 따라 손님들의 주문이 달라진다는 것이었다.

주문할 때 손님들은 대부분 메뉴판을 바라본다. 취향이 확고한 사람들은 메뉴판 자체를 잘 보지 않고, 아메리카노나 카푸치노 등의 주문으로 바로 이어진다. 하지만 메뉴판을 주의 깊게 본다는 것은 뭘 주문해야 할지 몰라 고민하고 있다는 뜻이다. 보통 손님이 메뉴를 고민하는 시간이 길어지면 주문받는 사람은 대부분 '빨리 좀 주문하지'라는 얼굴로 멍하니 포스기만 바라본다. 그러나 바로 이때, 먼저 정적을 깨고 손님에게 "뭐 찾으시는 거 있으세요?", "뭐 궁금한 메뉴 있으세요?"라는 한 마디를 던지면 내가 메뉴 선택에 관여할 수 있게 된다. 빨리 주문하라는 식의 퉁명스러운 말투가 아닌, 무조건 친절하고 상냥하게 말하는 것이 포인트다.

손님이 주문할지 말지 고민하는 메뉴는 흔한 메뉴가 아니라 이 카페에서만 찾아볼 수 있는 희소성 있는 메뉴일 가능성이 크다. 따라서 손님이 고민하는 메뉴에 대해 설명한 뒤 손님의 기호에 맞게끔 긍정적인 멘트를 더하기만 하면 된다. 예를 들어 손님이 우리 카페의 시그니처 라테를 주문할지 말지 고민하고 있다면, 그 손님은 원래 카페라테를 즐겨 마시며 너무 단 음료를 좋아하지 않을 가능성이 크다. 그럴 때 "저희 카페만의 시그니처 라테인데, 바닐라라테처럼 단맛이 강하지 않아 부담 없이 드실 수 있어요"라고 말하면 손님의 망설임을 덜어주어 구매를 유도하기가 쉬워진다.

기계적인 주문을 받는 것이 아니라, 매번 이렇게 마케팅을 한다는 생각으로 임했더니 매출이 달라졌다. 쉽게 말해 주력 상품, 고부가 가치 메뉴로 주문을 유도하여 수익을 높인 것이다. 우리 카페의 카페라테는 4,500원이고, 시그니처 라테는 5,500원이었다. 10명의 주문을 카페라테에서 시그니처 라테로 유도하는 데 성공하면 만 원이라는 차이가 발생한다. 주의를 기울여 손님이 고민하는 그 찰나를 파고든다면 그 몇 초만으로 총매출이 달라질 수 있다.

메뉴판을 바라보며 고민에 빠진 손님을 기다리는 시간은 꽤 지루한 것이 사실이다. 하지만 그 순간을 단순히 주문받는 시간으로 생각하는 것이 아니라 마케팅을 한다고 생각한다면 그 시간도 충분히 보람 있고 즐거운 시간이 될 수 있을 것이다.

/ 돈 안 들고 가장 확실한 마케팅 방법 /

오픈하고 장사가 안돼서 힘들어하는 나에게 주변 사람들은 홍보가 되지 않아서라며 마케팅에 집중하는 것이 어떻겠냐고 권유했었다. 매장이 2층이라 홍보가 더욱 절실해 동감이었지만, 당시의 내가 마케팅에 대한 지식이 있을 리가 만무했다(비록 지금도 전문적인 지식이 있는 건 아니다). 모든 것이 처음인 초보 사장인지라 마케팅이라고 하면 돈을 지불하고 온라인 마케팅 업체를 이용하는 방법밖에 떠오르지 않았다. '마케팅=돈'이라는 생각이 들어 가슴만 답답했다. 이런 고충을 털어놓는 나에게 일찍이 자영업에 입문하여 버젓이 성공한 선배 한 명이 답을 주었다.

"돈 하나 안 들면서 가장 확실한 마케팅 방법 알려줘?"

"응응."

"그건 바로 약속한 시간에 문 열고, 약속한 시간에 문 닫는 거야."

약속한 오픈 시간에 문을 열고, 약속한 마감 시간에 문을 닫아 영업시간을 지키는 것은 지극히 당연하다. 하지만 현실에서는 장사가 잘되지 않는 경우 가장 먼저 소홀히 하게 되는 것이 영업시간이다. 많은 사장님들이 장사가 어려워지면 '인건비랑 전기세만 나가는데 오래 열어둬서 뭐 하냐'며 합리화하기 시작한다. 장사가 안되면 매장을 지키고 앉아 있는 그 시간이 불필요하게 느껴진다. 나의 노동이 아무짝에도 쓸모없어졌다는 생각에 무기력해지고, 이는 나태함으로 이어진다. '어차피 손님도 없는데'라는 마음으로 조금 늦게 열고 조금 빨리 닫고 하다 보면 결국 휴무일도 아닌데 문을 아예 안 여는 상황으로까지 번지고 만다.

그들에게 왜 문을 닫느냐고 물으면, 장사가 안돼서고 장사가 잘되면 문 닫을 일이 없다고 말할 것이다. 하지만 잘 생각해보면 이 말은 순서가 잘못됐다. 약속한 영업시간 동안 문을 열어놓지 않는데 장사가 잘될 수가 없기 때문이다. 나부터가 손님과의 약속을 지키지 않는데 손님들이 나를 믿고 알아서 찾아올 리가 없다.

문을 닫는다는 것은 단순히 매출의 문제를 넘어서, 손님들에게 내 가게를 홍보할 수 있는 귀중한 기회를 날려버리는 일이다. 사장의 임금은 시급으로 계산하는 것이 아니다. 하루에 고작 5명의 손님이 다녀갔더라도 음료 5잔을 판매했다고 생각하는 게 아니라 5명에게 우리 가게를 알렸다고 생각해야 한다. 그들에게 최선을 다해 정성스러운 서비스를 제공한다면 그들이 다시 방문하는 것은 물론이고, 주변 지인들에게 입소문을 내줄 수도 있는 것이다.

또한 영업시간은 매장 안 손님들만을 위한 시간이 아니라, 매장 밖에 있는 수많은 사람들을 위한 시간이기도 하다. 지나가는 사람들이 '어, 저긴 뭐지? 아, 여기 카페가 새로 생겼구나', '이런 곳에 카페가 있었네?'라고 생각할 수 있도록 본인의 카페를 알릴 기회인 것이다. 안에 손님이 있든 없든 불이 켜져 있는 것만으로도 옥외 광고 중인 것이나 다름없다.

다시 말해 영업시간은 소중한 홍보 타임이다. 매장 안의 손님과 매장 밖의 잠재적 손님 모두에게 어필할 수 있는 시간을 단순히 시급당 인건비로 계산하는 것은 좀 이상하다. 사장의 노동 시간은 미래를 위한 투자의 개념으로 봐야 한다.

오픈하고부터 월세도 안 나오는 나날이 계속돼도 무통보로 영업시간을 어기거나 예정 없는 휴무를 가진 날이 단 한 번도 없었다. 토끼와 거북이의 경주를 생각하며 '티끌 모아 태산'이라는 말을 마음에 새겼다. 하루 12시간 동안 고작 10명의 손님밖에 다녀가지 않아도 최선을 다해 하루하루를 보내면 언젠가 천 명이 되고 만 명이 될 것이라고 믿었다. 손님인 줄 알았는데 잠시 가게를 바라보다가 그냥 지나치는 사람들을 보면 마음이 씁쓸하긴 했지만, '여기에 우리 카페가 있다는 걸 아셨으니 언젠가 꼭 오실 거야'라고 생각을 고쳐먹었다. 그렇게 매일매일 같은 시간 같은 장소에서 한결같이 그들을 기다렸다.

그 당시 절박한 마음으로 엄청난 비법을 기대했던 나는,

당연한 말을 하는 선배한테 짜증이 났다. 하지만 6개월이 지나고 1년이 지날수록 그 말이 얼마나 가치 있는 조언이었는지를 알게 되었다. 이미 나는 세상에서 가장 강력한 마케팅을 하고 있었던 셈이다.

/ 6장 /

우리 집에 또 오세요 _ 고객 관리

/ 저분 이름이 뭐였더라? /

‘장사가 안된다면 딱 100명의 손님 이름을 외워보세요. 아마 매출이 달라져 있을 거예요.’

유명 카페 사장님이 쓴 칼럼의 한 부분이다. 이걸 보고 어찌나 심드렁했던지. 몸이 열 개라도 부족할 정도로 바쁜 자영업자한테 손님들 얼굴도 모자라 이름까지 외우라니. 참 먹고살기 힘들다는 말이 절로 나왔다. 하지만 코웃음 치던 초보 사장은 그 후로 100명이 넘는 손님들의 이름을 엑셀로 정리한 듯 머릿속에 차곡차곡 쌓게 된다.

보통 카페는 서비스 차원에서 쿠폰 제도를 많이 사용하는데, 지갑을 잘 안 들고 다니는 요즘 사람들에게는 이것이 불편할 수 있다. 그래서 나는 쿠폰 제도 대신 포인트 적립 제도를 선택했다. 포스기 자체에 포인트 적립 기능이 있는지 몰랐는데, 오픈 전 포스기와 카드 단말기를 설치하러 온 업체 직원분께서 알려주었다. 카드 결제 시 5%, 현금 결제 시 10%로 적립되고, 3,000점 이상이 되면 현금처럼 사용할 수 있도록 정했다. 쿠폰의 번거로움에 비해 간편해서인지 많은 손님들이 이용했다. 쿠폰을 만들지 않아도 되니 돈도 절약되고, 도장을 찍는 수고도 없어서 훨씬 편리했다.

그런데 좋은 점은 이것뿐만이 아니었다. 포인트를 적립하려면 일단 손님 이름으로 등록을 해야 하는데, 최소 한 번은 손님의 이름을 듣고 직접 입력하다 보니 큰 노력 없이도 손님들의 이름을 자연스럽게 외우게 되었다. 원래 사람 이름과 얼굴을 굉장히 잘 외우는 편이라 더 그랬는지도 모른다. 재방문한 손님에게 내가 먼저 "○○○ 님 맞으시죠? 포인트 적립해드렸어요!"라고 말하면 모두 소스라치게 놀라면서 뿌듯할 정도로 기뻐했다. 자연스럽게 외워졌던 건데 생각보다 손님들의 반응이 좋았다. 그 이후부터는 시험공부 하듯 손님들의 이름을 외우기 시작했다. 손님이 들어오면 마치 퀴즈를 맞히는 것처럼 '아 저분…… 저분……! 이름이 뭐였더라……!' 하며 눈을 질끈 감고 머리를 짜냈다.

그리 오래 지나지 않아 100명이 훨씬 넘는 손님들의 이름을 외운 것 같다. 결국 우리 카페에 오는 손님들은 포인트를 적립할 때 자신의 이름을 말할 필요가 거의 없게 되었고, 나는 이에 자부심을 느꼈다.

당연히 손님들과도 훨씬 친밀해졌다. 주문할 때마다 내가 손님의 이름을 먼저 부르다 보니 카드 승인이 되는 그 몇 초간의 어색함이 사라지고, 대화도 자연스레 이어졌다. 어느새 나는 꽤 많은 손님들과 반가운 인사를 하며 안부를 묻는 사이가 되어 있었다.

그들도 자신의 이름을 또렷하게 기억하는 내게 좋은 감정을 느꼈을 것이고, 정감이 가서 우리 카페가 더 좋아졌을 것이다. 나 또한 손님을 '저기, 손님'이 아닌 '○○ 씨'로 부르면서 그들이 버겁지 않고 편하게 느껴졌다. 때로는 '그분 요즘 뭐하시려나'하고 손님들을 떠올려보기도 했다.

내가 손님들의 이름을 많이 외울수록 정말로 우리 카페는 점점 더 나아져 갔다. 곱씹어 생각해보니 칼럼 속 사장님의 말은 단순히 이름을 외우라는 말이 아니었다. 따듯한 커피를 더욱 따듯하게 만들어주는 정과 온기를 나누라는 것이었다.

/ 대처하기 전에 예방하기 /

'컴플레인'은 사장에게 일상적인 일이면서도 결코 익숙해지지 않는 일이다. 늘 난처하고, 늘 기분 상하고, 늘 죄송스럽다.

어떤 사장님들은 컴플레인을 건다는 이유만으로 손님을 진상 취급하는 경우가 있는데, 사실 정말로 업체의 잘못일 가능성도 상당히 크다. 일단 최우선적으로 손님의 입장에서 대응하고, 만약 내용이 다소 억지스럽다면 그때 단호한 조치를 취해도 늦지 않다. 손님의 입장에서 생각해보았을 때 불쾌할 수 있는 일이라면 충분한 사과와 그에 맞는 대처를 해야 함이 맞다.

외식업은 서비스업에 가깝기 때문에 컴플레인을 어떻게 해결하는지가 매우 중요하다. 하지만 컴플레인에 대한 매뉴얼 같은 건 없다. 사람에 따라 작은 일에도 민감하거나 큰 일에도 무던하게 넘어갈 수 있기 때문이다. 상식선에서 판단해 해결하는 수밖에 없다.

그러므로 컴플레인에 있어 가장 중요한 것은 바로 '예방'하는 것이다. 약속 시간에 늦은 친구가 미안하다는 말 한마디 없다가 화를 내니 그제야 사과한다고 한들 내 기분이 쉽게 풀리기는 어렵다. 늦는다고 미리 이야기했다거나, 최소한 미안하다고 먼저 사과했다면 상황이 달랐을 것이다.

또한 손님이 직접 컴플레인을 걸지 않았다고 해서 컴플레인이 없는 것은 아니다. 특히 젊은 손님들은 대부분 불만족스러운 부분을 잘 말하지 않는다. 조용히 SNS에 올릴 뿐이다. 노발대발하는 손님보다 차갑게 돌아서는 손님이 훨씬 무섭다. 따라서 손님이 직접 이야기하지 않더라도 불평스러울 만한 점을 스스로 캐치하여 컴플레인을 예방하는 것이 좋다.

예를 들면 이런 것이다. 주문이 밀려 음료가 너무 늦게 나왔을 때, 손님이 크게 불평하지는 않았다 해도 기분이 유쾌할 리가 없다. 그러면 카페에 대해 부정적인 이미지를 가질 가능성이 커진다. 그리고 대부분 주문을 받고 만드는 사람 스스로도 음료가 다소 늦게 나왔음을 잘 인지하고 있다. 이럴 때 '휴…… 손님이 별말 안 하네. 다행이다' 하는 마음으로 그냥 넘어가는 것이 아니라 "죄송합니다. 음료가 너무 늦게 나왔죠. 주문이 밀려 있어서요"라는 사과의 말과 함께 작은 서비스를 내어드리는 것이다.

실제로 이렇게 응대했을 때 더한 서비스를 요구하거나, 계속해서 필요한 것을 말하는 손님은 단 한 번도 만난 적이 없다. "그러게요, 음료가 많이 늦었네요"라며 무안을 주는 손님도 없었다. 백이면 백 깜짝 놀라며 "아니에요, 괜찮아요!"라며 미소를 보여주었다. 내 기분을 먼저 알아주는 상대에게 화를 내기는 쉽지 않은 법이다.

사장의 입장에서는 손님이 몹시 어렵다. 그러나 어려운 존재는 맞지만, 시한폭탄과 같이 무서운 존재는 아니다. 손님들은 생각보다 너그럽고, 실수를 하더라도 다시 기회를 주곤 한다.

컴플레인에 대한 명확한 매뉴얼이 없는 이상 대처보다는 예방으로, 상황을 모면하려 하거나 변명하기보다는 최대한 진심을 다해 응대한다면 손님 때문에 마음고생하는 일은 많지 않을 것이다.

소확팁» 손님에게 양해를 구하거나 사과를 할 때는 감사하다는 말로 마무리 짓는 것이 좋다 "죄송합니다. 이거 서비스예요"라는 식으로 말하는 대신에 "죄송합니다. 메뉴가 너무 늦었죠. 기다리시기 불편하셨을 텐데 너그럽게 기다려주셔서 정말 감사합니다. 혹시라도 필요한 것 있으시면 말씀하세요"라고 말하는 것이다. '죄송합니다'만 연발하면 더 이상 불평하지 말라는 의미처럼 들리는 반면, 감사의 인사를 함께 전하면 한결 부드럽게 들릴 수 있다.

/ 진상 손님 때문에 힘들다면 /

앞에서도 소개한 네이버 카페 〈아프니까 사장이다〉에 가장 많은 게시물은 진상 손님에 대한 푸념 글이다. 몰상식한 손님은 상식선에서 단호하게 응대해야 하는 것이 맞지만, 손님 한 명이 아쉬운 현실에서는 그렇게 하기가 참 어렵다. 여기에는 '손님이 왕'이라는 우리나라의 이상한 문화도 한몫한다. 그래서 많은 사장님들이 속으로만 앓으면서 '장사를 때려치우든가 해야지' 하며 하루에도 수십 번씩 고민하는 것이다. 사장이라고 다를 것 같지만, 가슴 속에 사표를 품고 다니는 직장인과 별반 다를 게 없다.

어느 날 카페 아르바이트 2년, 카페 운영 3년의 경력을 지닌 분이 조언을 얻을 목적으로 나를 찾아온 적이 있었다. 운영이 힘들어서 최근 카페를 폐업했고, 다른 상권에서 새로운 카페를 준비하고 있는 분이었다. 뭐가 힘들어서 그만둔 것인지 조심스레 되물었다. 그분은 커피도 좋아하고 장시간 노동도 견딜 수 있었는데, 손님들에게 받는 스트레스로 건강이 너무 나빠져서 그랬다고 대답했다. 그분의 '진상 손님 썰'은 그야말로 휘황찬란했다. 돈을 얼굴에 던진 손님, 매번 방문할 때마다 일하는 사람을 테이블로 불러 수다를 떨길 원하는 손님, 두 명이 한 잔을 시키고는 머그잔 하나와 뜨거운 물을 요청하는 손님, 자리가 없어 손님들이 들어왔다 나가는 상황에서 홀로 4인석에 앉아 4시간가량 노트북을 하는 손님 등등……. 드문 일이 아니라 운영 기간 내내 자주 겪은 일이라고 말했다.

이야기를 듣는 내내 가슴이 아팠다. 그중에는 나 역시 겪어본 일도 있었다. 그분은 그 상권의 사람들이 좀 이상했던 것 같다며 이번에는 사람들 수준이 괜찮은 상권에서 카페를 하고 싶다고 말했다. 하지만 내가 보기에는 진상 손님들의 문제 말고도 또 다른 문제가 있어 보였다. 바로 카페의 '룰'이 없다는 것이다. 모두가 쾌적한 시간을 보내려면 매장 역시 공공장소로서의 룰이 필요하다. 그리고 이 룰은 사장이 만들어야 한다. 진상 손님 때문에 매일같이 고민하는 경우를 보면 보통 사장이 룰을 제대로 만들지 못했거나, 룰이 있어도 유명무실해서다.

음료를 한 잔 사고파는 것도 결국 사람과 사람 사이의 일이다. 보통 진상 손님들의 특징은 사장의 반응을 체크하면서 간 보듯이 조금씩 조금씩 선을 넘는다는 것이다.

"저희 넷 다 배가 불러서 그런데, 두 잔만 시켜도 될까요?"

"컵 두 개에 뜨거운 물 좀 담아 주세요."

"과자를 가져왔는데, 접시 좀 주시면 안 될까요?"

이때 거절하기 곤란해서, 혹은 단골을 만들려는 생각으로 하나둘 해주기 시작하면 앞으로도 그런 일이 계속해서 반복되고 만다.

사람과의 관계에서 한 번 호의를 베풀면 그걸 당연한 줄 아는 것처럼 사장과 손님 간의 관계에서도 마찬가지다. 부당한 요구를 한 건 손님인데 '예전에는 해줬는데 지금은 왜 안 해주냐', '장사 잘되더니 변했다', '내가 여기 얼마나 자주 왔었는데' 소리를 들으며 죄인이 되는 사람은 사장이다.

사장님들 중에는 유독 진상 손님을 많이 만나는 사장님이 있고, 그렇지 않은 사장님이 있다. 그것은 상권의 문제나 운이기보다는 사장이 어떻게 하느냐의 문제다. 사장은 룰을 만들고, 룰대로 손님들을 리드할 줄 알아야 한다. 그러면 사장님만의 카리스마가 생기고 가게의 분위기도 정돈되면서 손님들이 상식에서 벗어난 무례한 요구를 하기가 어려워진다. 특히 작은 가게일수록 인력이 적기 때문에 원활한 매장 관리를 위해서는 룰이 꼭 필요하다.

하루는 아르바이트하던 친구가 내게 이런 말을 했다.

"사장님은 늘 친절하고 상냥한데, 말씀하시는 내용을 들어보면 단호해요."

항상 친절하고 상냥하게 응대할지언정 절대로 우습게 보

여서는 안 된다. 내 가게니까 내 마음대로 하라는 게 아니라, 몰상식한 행동이나 룰에 어긋나는 요구에는 단호하게 대처해야 할 필요가 있다는 것이다. 만약 진상 손님 때문에 하루도 조용할 날이 없다면 우리 카페만의 룰이 있는지, 손님이 보기에 나는 어떤 사장인지를 한번 생각해보면 어떨까?

/ 야박해 보인다는 생각 말고 /

상권, 콘셉트와 타깃, 사장의 생각에 따라 각 매장의 룰은 모두 다르다. 내가 고심 끝에 정한 우리 카페의 룰은 대략 '1인 1잔', '외부 음식 반입 금지', '상업 촬영 및 남에게 피해를 주는 지나친 사진 촬영 금지'였다. 카페의 안정적인 운영과 손님 간의 마찰 없이 모두에게 즐거운 공간이 되기 위해 꼭 필요한 룰이었다. 이 세 가지 경우를 제외하고 내가 손님의 요청에 단호하게 'NO!'라고 한 경우는 거의 없다.

잘 보이도록 매장 입구에 안내 문구를 붙여놓았고, SNS 계정을 통해서도 자주 언급했다. 손님이 물었을 때 친절하게 응대하는 곳도 좋지만, 애초에 손님이 물을 일이 없게 하는 곳이 더 관리가 잘된 매장이라고 생각한다.

어느 날은 할머니 다섯 분이 오셔서 가장 넓은 단체석에 앉아 음료를 3잔만 주문하셨다. 1인 1잔이라는 매장 룰을 설명했지만, 배가 부르다며 3잔만 주문하겠다는 뜻을 굽히지 않으셨다. 다시 말씀드렸다.

"죄송하지만, 자리에 대한 비용이라고 생각해주셨으면

좋겠습니다. 저희 매장의 방침이 불편하시다면, 죄송하지만 다음번에 이용해주시면 감사하겠습니다."

그분들은 결국 5잔을 주문하셨다. 서빙을 하는데 할머니 한 분이 장사 그렇게 하면 안 된다고 나무라셨다.

그렇다. 내가 온전히 맞는 것은 아니다. 어떤 사장님은 손님을 왕으로 모시고, 웬만하면 'NO'가 없다. 하지만 룰을 만드는 쪽을 택했다면 가장 중요하게 생각해야 할 것이 그 룰을 만든 '이유'다. 자신만의 룰에 대해 납득할 만한 이유가 없다면 손님들은 황당해하며 떠나갈 것이다.

나 또한 손님과 실랑이하는 위험을 감수하고서라도 룰을 고수하는 데에는 나름의 이유가 있었다. 가장 중요한 '안정적인 운영' 때문이다. 카페라는 공간을 마치 공공재처럼 생각하는 사람들이 가끔 있는데, 외식업같이 한정된 공간을 기반으로 하는 사업은 테이블과 의자 하나하나가 다 매출과 연관된다. 그래서 음료와 관계없이 한 의자를 차지하고 있는 이상 이용료를 내는 것은 당연하다. '배부르니 음료는 구매하지 않을래'라는 말은 '필요한 공간, 콘센트, 와이파이, 화장실, 물 등을 다 이용하면서 돈은 내지 않을래'

라는 말과 같다. 카페는 친구 집이 아니라 엄연한 상업 공간임을 잊어버리는 사람들이 종종 있는 것 같다.

'1인 1잔이라고 말하는 게 너무 야박한 건 아닐까요'라며 고민하는 카페 사장님들의 글을 꽤 많이 보았다. 우리나라는 애초에 프랜차이즈 카페를 시작으로 카페 문화가 발달했기 때문에 1인 1잔에 대한 에티켓이 부족할 수밖에 없다. 따라서 자신의 사적 재산을 이용하는 사람에게 비용을 요구하는 당연한 일이 인색한 행동으로 비추어지는 것이다. 하지만 땅 파서 장사하는 사람은 없으니 소비자들의 의식이 반드시 변화해야 하는 부분이라고 본다.

정 없다는 이미지가 생길까 봐 망설이는 사이에 운영은 점점 더 힘들어진다. 카페는 손님이 머무르는 시간이 길기 때문에 자리 회전율을 생각하면 마진이 낮은 업종에 속한다. 1인 1잔으로 정해놓지 않으면 운영에 상당한 어려움이 따를 것이다. 음료값에는 카페에서 제공하는 모든 종류의 서비스가 포함된 것이니, 사장님들은 야박해 보인다는 생각 말고 당당하게 1인 1잔을 외치기 바란다.

이런 나에게도 코찔찔이 시절이 있었다. 20대 중반의 여자 사장이라고 무시하는 사람들이 참으로 많았다. 하지만 화가 나도 'NO'를 말하는 것이 몹시 두려웠다. 먹고살아야 하니까 그들의 요구를 들어줘서 한 잔이라도 더 팔아 월세를 내야만 했다. 그래서 인원수대로 주문하지 않으면서 좋은 자리는 선점하고, 너무 큰 소리로 떠들고, 커다란 셔터 소리를 끊임없이 내고, 외부 음식을 주섬주섬 꺼내 냄새를 풍기고, 마지막으로 쓰레기까지 두고 가는 몰상식한 행동들을 전부 다 눈감아주었다.

그러다 어느 순간, 손님이 줄어드는 상황이 오더라도 앞으로는 그런 행동들을 절대 모른 체하지 않겠다고 결심하게 되었다. 매장의 룰을 잘 지키면서 카페를 이용하는 손님들이 오히려 피해를 보고, 정당한 권리를 누리지 못한다는 것을 깨달으면서였다. 그들은 인원수에 맞게 각자 음료를 구매하고도 그렇지 않은 손님들보다 더 좁고 불편한 자리에 앉았다. 카페 디저트를 맛보러 온 손님들은, 옆에서 외부 음식 냄새를 풍기는 손님들로 인해 피해를 봤다. 느긋하게 여유를 즐기러 온 손님들은, 상품을 들고 와 상업 촬영을 하는 사람들의 시끄러운 셔터 소리에 재빨리 자리를 정리하고 카페를 나갔다. 이런 일이 있는 날에는 피해를 입은 손님들에게 죄송한 마음이 들어 집에 가서도 편히 잠들지 못했다. '왜 에티켓을 지키는 손님들이 피해를 봐야 하지. 나에게 사장 자격이 있는 건가' 하며 자괴감이 들었다.

사장은 비용을 지불하고 매너 있게 카페를 즐기는 손님들의 정당한 권리를 지킬 의무가 있고, 또 그렇게 할 수 있는 유일한 사람이다. 내가 손님이라면 어떨지 입장을 바꿔서 생각해보았다.

'이렇게 시끄러운데 왜 사장은 가만히 있지?'

'이 카페는 외부 음식 반입을 왜 제재하지 않지?'

'조용히 즐기고 싶은 내 시간을 왜 방해받아야 하지?'

내가 손님이라면 다시는 이 카페에 오고 싶지 않을 것 같았다. 이제라도 눈앞의 한 잔을 아쉬워할 게 아니라, 매장의 룰을 확실하게 정하고 손님들이 지킬 수 있도록 해야 했다.

처음에는 가슴이 쿵쾅쿵쾅했다. 동네 상권인데 이러다 소문 잘못 나서 망하면 어쩌나 걱정도 했지만 진상 손님의 요구를 들어줘서 단골로 만들 생각을 하지 말고, 매너 있는 손님들에게 더 집중하여 좋은 공간과 서비스를 제공하는 데 힘쓰기로 했다. 실제로 소문이 잘못 나 망하게 될지언정 그것이 옳은 선택이라고 생각했다. 매장 룰에 불만을 품고 나가는 손님들에게 미련을 갖지 않고, 좋은 손님들, 단골손님들에게 감사한 마음을 담아 더 많이 서비스했다. 그렇게 하다 보니 시간이 지나면서 조금씩 매장의 분위기는 훨씬 정돈되어갔고, 손님도 더 늘어갔다.

진상 손님들이 퍼지는 속도는 동네 상권일수록 더 빠르다. '거기는 한 잔만 시켜도 되더라', '뭐 가지고 가도 되더라' 등의 소문이 나돌면 그 카페는 그런 유의 손님들만 점점 늘어나고, 원래 타깃으로 했던 손님들, 매너 있는 손님들은 점점 발길을 끊을 것이다. 그러지 않기 위해서는 진상 손님에 대한 단호한 대응이 꼭 필요하다. 손님이 왕이라는 인식이 지배적인 우리나라에서는 그러기가 쉽지 않다는 건 알지만, 그렇게 해야만 결과적으로 손님들이 더 늘어난다. 로마에 가면 로마법을 따라야 하고, 로마법을 따르는 사람들에게는 그만큼의 혜택이 있어야 하는 것이다.

사장도 사람이다. 매출, 임대료 등등 스트레스받을 것이 천지인데 손님으로 인한 스트레스까지 더해지면 정신적으로 이겨내기가 정말 힘들다. 그러나 사장이 지쳐버리면 카페 운영이 제대로 이루어질 수가 없다. 중요한 것은 그곳의 주인으로서 비용에 맞는 상품과 서비스를 제공한 이상 사장이 손님에게 휘둘려야 할 이유는 없다는 것이다. 정신 건강을 위해서, 더 오래 장사하기 위해서 부디 손님들을 잘 리드하여 속 썩는 일이 줄어들길 바란다.

/ 7장 /

허리띠 졸라매기_ 지출 관리

/ 매출보다 중요한 지출 /

대학생 때 아르바이트했던 여러 카페들의 공통점은, 사장님의 얼굴을 보기가 힘들었다는 것이다. 늘 점장님 혹은 매니저님과 일했고, 사장님 얼굴을 본 것은 면접 때 딱 한 번뿐이었다. 과거 카페베네가 '바퀴베네'라는 이름으로 절정을 이룰 즈음, 그 당시 풀 오토로 운영해도 들어오는 돈이 은행이자보다 나아서 여윳돈이 있는 사람들이 투자 개념으로 카페를 창업하는 경우가 많았다. 그러나 최근에는 그런 식으로 운영하는 카페가 거의 없다. 통계마다 약간 다르긴 하지만 현재 우리나라의 창업 중 80~90%가 생계형나 홀로 창업인 것으로 추정되고 있다. 그중 진입 장벽이 낮은 카페는 나 홀로 창업의 가장 대표적인 업종이다. 다시 말해 지금 창업을 하는 사람들이 예전에 아르바이트했던 카페의 사장님을 꿈꾸기는 어려워진 것이다.

생계형 창업은 소자본 창업인 경우가 대부분이다. 전처럼 여윳돈으로 투자하는 개념이 아니기 때문에 창업 실패에 따르는 위험 부담을 줄이기 위해서다. 그런데 창업 자금을 최소화하는 것도 중요하지만(사실 이건 선택의 여지가 없다), 그것만큼이나 중요한 것은 운영해나가는 과정에서 '지출'을 최소화할 수 있는 시스템을 갖추는 것이다. 소자본 창업이라고 하면 적은 돈으로 창업해 적은 돈으로 운영한다고 생각하기 쉬운데, 지출은 자본의 규모와 상관없이 매출에 비례한다. 소자본 창업일지라도 초기 자금이 적게 들어가는 것이지 창업 후부터 지출되는 돈은 별개다.

사실 자본의 규모를 떠나서 지출 관리는 누구에게나 중요하다. 같은 매출을 올려도 지출 관리를 어떻게 하느냐, 손익 분기점을 어떻게 낮추느냐에 따라서 순수익이 달라지기 때문이다. 똑같이 1,000만 원의 매출을 올려도 누구는 500만 원을 남기고, 누구는 700만 원을 남긴다.

그리고 지금의 창업 시장에서는 지출 관리가 더욱 중요하다. 생계형 창업이 증가하고 있다는 것은 자영업, 특히 작은 가게들이 계속해서 늘어나고 있다는 뜻이다. 소비력이 한정된 시장에서 공급이 늘어나면 매출을 올리기가 몹시 어려워진다. 따라서 지출 관리를 통해 순수익을 최대한으로 높이는 것이 지금의 창업 시장에서는 가장 영리한 전략일 수 있다.

또한 생계형 창업인 만큼 버틸 만한 여유 자금이 없다는 점에서도 지출 관리가 필요하다. 만약 내 인건비만 부족한 정도라면 생활하기 힘들어도 어느 정도 버틸 수야 있지만, 유지비까지 없이 마이너스라면 버티기가 어렵다. 아주 호황이라거나 여유 자금으로 창업한 경우가 아니기 때문에 대출로 손해를 메꾸거나 보증금에서 임대료를 차감하는 가게들이 정말 많다. 그러다 보면 도미노처럼 걷잡을 수 없이 손실이 늘어나 결국 가게를 정리하게 되는 경우가 대다수다.

장사는 외부 요인에 민감하다. 국제적인 전염병이 돌거나, 경제 위기를 맞거나, 국가적인 비극을 겪거나 하면 내 가게의 경쟁력과 무관하게 크게 휘청한다. 이때 작은 가게는 여유 자금이 적어 특히나 살아남기 힘들다. 따라서 살아남으려면, 오래오래 버티려면 적은 돈으로도 유지할 수 있는 시스템을 갖추는 수밖에 없다.

지출을 관리하고, 손익 분기점을 낮춘다는 말이 조금 어렵게 들릴 수는 있지만, 알고 보면 굉장히 쉽고 당연한 말이다. 구시대적인 관점이긴 하나 옛날 가정의 모습을 보면, 아버지는 돈을 벌어 오고 어머니는 그 돈으로 알뜰하게 살림을 꾸린다. 어머니는 한정된 돈을 최대한 효율적으로 쓰기 위해 달걀이나 고기는 어느 집이 저렴하면서도 질이 좋은지, 세탁소나 수리 업체는 어느 집이 싸게 잘하는지 등이 머릿속에 착착 정리되어 있다. 이런 어머니의 알뜰한 살림 습관이 바로 꼼꼼하게 지출을 관리하여 손익 분기점을 낮추는 일이라고 생각하면 된다. 사장에게는 돈을 버는 아버지, 그 돈을 알뜰하게 사용하는 어머니 이 두 가지 역할이 다 필요하다.

사람들은 주로 매출에 대한 이야기를 하지만, 지금은 오히려 지출의 중요성을 강조하는 것이 맞다고 생각한다. 꼼꼼함이 요구되긴 하지만 처음부터 시스템을 갖추고 노하우를 익힌다면 매출이 안정적이지 못할 때에도 가게의 유지가 가능하고, 안정권에 들어선 다음부터는 더 높은 순수익을 낼 수 있게 될 것이다.

사장님이 되면 여유 있는 삶을 살 수 있을 거란 생각은 큰 오산이다. 작은 가게의 사장이라면 장사가 잘되든 안되든 무조건 허리띠를 잔뜩 졸라매야 살아남을 수 있다.

/ 사장님은 만능 엔터테이너 /

카페 사장의 주된 업무는 무엇일까? 많이들 손님의 주문을 받고, 커피를 내리고, 디저트를 만드는 일이라고 생각할 것이다. 하지만 경험해보니 카페를 운영하는 일에 커피가 차지하는 부분은 생각처럼 많지 않았고, 그것들은 사장의 수많은 업무 중 아주 일부에 지나지 않았다. 사실상 주된 업무랄 것 없이 사장은 그냥 모든 잡무를 담당하는 역할이었다.

흔히 지출이라고 하면 임대료, 전기세, 수도세, 원재료비, 인건비 등의 고정 지출 비용을 떠올린다. 하지만 고정 지출 외에도 또 다른 지출이 존재한다. 바로 '예상치 못한 지출'이다.

커피 머신을 포함해 제빙기, 냉장고, 커피 그라인더 등은 생각보다 잔고장이 많이 일어난다. 또한 여름에는 에어컨이 말썽이고, 겨울에는 수도관이 꽝꽝 얼어붙는다. 매장에서 사용하는 모든 물건들은 가정용에 비해 사용량이 많기 때문에 그만큼 수리가 잦다. 수리하는 데는 출장비까지 보통 몇십만 원이 들고, 교체가 필요한 경우 몇백만 원이 들 때도 있다.

그뿐만 아니라 카페는 공간의 분위기가 중요하기 때문에 시즌별로 인테리어를 리뉴얼하거나 작은 소품으로 변화를 줄 필요가 있다. 메뉴도 계절별로 재구성해야 하는데 전문 컨설팅을 받으면 그 금액이 상당하다. 여유가 없는 상황에서 이렇게 몇십만 원씩 지출해야 하는 일이 생기면, 가슴이 철렁 내려앉고 울고 싶은 마음이 든다.

카페를 오픈하고 9개월쯤 되었을 무렵, 아직 순이익이라는 것을 구경도 못 해본 때였다. 어느 날 커피 머신에서 굉음이 나더니 에스프레소 샷이 제대로 추출되지 않았다. 커피 머신 수리비가 굉장히 비싸다는 소문은 들었지만, 그래도 커피 머신이 없으면 장사를 할 수가 없었다. 울며 겨자

먹기로 점검을 받았는데 세상에나. 수리비 견적이 무려 46만 원이나 나왔다. 그 당시 나의 통장 잔액은 16만 원. 그렇게 출장비 2만 원만 드리고 기사님을 돌려보냈다.

눈물이 왈칵 쏟아질 것 같았지만, 운다고 해서 커피 머신이 알아서 고쳐지는 것도 아니었다. 인터넷을 이 잡듯이 뒤져서 해당 모델의 내부 구조가 실린 책자 파일을 얻을 수 있었다. 책자 공부와 함께 조금 전에 기사님이 해체하던 것을 떠올리면서 밤새 커피 머신을 뚝딱거렸고, 마침내 수리에 성공했다. 몇 시간을 투자해 46만 원을 아꼈다는 것이 참 뿌듯했다. 그 후로는 부품을 교체해야 하는 일만 아니면 웬만한 고장은 내가 다 수리할 수 있게 되었다.

그 밖에도 직접 해결할 수 있는 것에는 돈 대신 나의 시간과 노동력을 썼다. 하루는 보조 간판을 달아야 했는데 업체에 물어보니 설치비까지 해서 30~40만 원이 든다고 했다. 그만한 여유가 없어 직접 아크릴을 제작하고 철공소에 가서 파이프를 의뢰해 총 7만 원으로 간판을 만들어 설치했다.

매출이 어느 정도 괜찮아진 이후에도 마찬가지였다. 테이블이 더 필요했는데 원목 테이블 3개를 사는 데에 20만 원이 넘었다. DIY 가구를 알아보니 목재를 재단해서 배송해주는 곳들이 있었다. 원하는 사이즈의 목재를 주문해서 직접 테이블을 만들어 완제품의 반도 안 되는 금액으로 해결할 수 있었다.

예상치 못한 지출에 대처하는 가장 좋은 방법은, 가능한 한 사장의 시간과 노동력으로 대신하는 것이다. 생계형 창업 시대에 카페 사장은 더 이상 우아한 직업이 아니다. 바리스타, 인테리어 디자이너, 마케터 외에도 수리 기사, 목수 등의 역할을 해내는 만능 엔터테이너가 되어야 한다.

그러기 위해서는 문제가 발생했을 때 무조건 업체를 부

르기보다는, 일단 직접 해결하려고 노력해봐야 한다. 나는 컴맹에다가 기계치며, 전동 드릴은커녕 못 하나 박아본 경험도, 전구를 갈아본 경험도 없었다. 그런데 실제로 맞닥뜨려보니 아주 일부를 제외하고는 직접 하지 못할 일도 별로 없었다. 안 해서 그렇지 못하는 건 아니었다. 그런 일들을 경험하며 나는 어느새 가게에 이상이 생겨도 한숨은 나올지언정 예전처럼 심장이 쿵 하고 내려앉지는 않게 되었다.

/ 발품의 가치 /

TV 정보 프로그램에 소개되는 대박집들의 메뉴는 하나같이 맛은 기본이고 양이 푸짐한 데다가 가격도 합리적이다. 어떻게 그런 퀄리티를 그런 가격에 제공할 수 있는 것인지 뭔가 특별한 비법이 있어 보이지만, 사실 방법은 아주 단순하다. 사장님이 직접 발품을 팔아 좋은 원재료를 저렴하게 구입하는 것이다. 다른 집과 비슷한 값인데 맛도 좋고 양도 푸짐하니 사람들이 몰리지 않을 이유가 없다. 요점은 가성비인데, 손님 입장에서만 가성비가 좋은 것이 아니라 판매하는 입장에서도 원가는 낮추면서 경쟁력은 높일 수 있기 때문에 윈윈이나 다름없다. 이는 등갈비를 냄비 한 솥 푸짐하게 올려주는 등갈비집이나, 먹음직스럽게 튀긴 통오징어를 올려주는 떡볶이집 같은 음식점에만 해당하는 이야기가 아니다. 지금은 카페도 그래야 한다.

♦ 원두

창업 준비 과정에서 가장 먼저 고르게 되는 원재료가 '원두'다. 원두는 실제 운영 단계에서 가장 많은 원재료비를 차지하기 때문에 다른 것들보다 발품을 많이 팔아야 한다. 그런데 의외로 많은 사람들이 원두에 발품을 팔지 않는다. 대부분 원두 납품 업체를 통해 어떤 원두를 사용할지만 정하고 끝인 것이다. 하지만 거기서 끝이 아니라 원하는 스타일의 원두를 정했으면 그 스타일의 원두를 가장 저렴하게 공급하는 업체를 선정해야 한다. 업체마다 '스페셜'한 블렌딩과 로스팅을 한다고 하는데, 사실 대부분 다 비슷비슷하다. 그래서 최소 서너 군데의 업체를 통해 본인이 원하는 원두를 '가격' 중심으로 꼼꼼히 비교해봐야 한다. 원두 납품 업체에게 원두 샘플을 받아보고 싶다고 하면 대부분 매장까지 직접 와서 테스트를 도와주기 때문에 직접 업체를 돌아다니지 않아도 된다. 많이 테스트해도 전혀 시간적인 부담이 없으니 충분히 고려한 후에 결정하는 것이 좋다. 그리고 업체마다 원두 가격이 정해져 있지만, 한 달 주문량에 따라 납품가를 조정해주는 경우가 대부분이다. 그러니 만약 장사가 잘돼서 원두 주문량이 늘어나기 시작하면 원두 납품 업체에 꼭 한번 가격 협상을 제안해보길 추천한다.

소확팁» 원두 납품 업체들은 보통 커피 머신 수리도 겸하는 경우가 많다. 앞서 말했듯이 커피 머신은 의외로 수리가 잦다. 작은 고장은 공부해서 스스로 고칠 수 있지만, 부품을 갈아야 하는 정도라면 전문가의 도움을 받아야 하는데 그 수리비가 만만치 않다. 그런데 원두를 꾸준히 납품받는 카페인 경우 업체 입장에서는 단골 거래처기 때문에 조금 더 저렴한 가격으로, 다른 곳보다 신속하게 방문하여 AS를 해주는 편이다.

♦ 시럽

시럽은 브랜드마다 차이가 있으나 보통 700~1,000mL에만 원에서 만 5,000원 정도 한다. 음료를 만들 때 핫 음료는 30mL 정도, 아이스 음료는 50mL 정도의 시럽을 사용하니, 만 원어치의 시럽으로는 생각보다 많은 잔이 나오지 않는다. 그리고 종류별로 구비해놓아야 하기 때문에 그 비용도 만만치 않다.

개인적으로는 직접 만들 수 없거나 구매하는 편이 더 좋은 종류, 예를 들어 바닐라 시럽, 헤이즐넛 시럽, 메이플 시럽과 같은 종류는 구입해서 쓰고, 충분히 만들 수 있는 시럽류는 직접 만드는 것이 좋다고 생각한다. 과일 시럽은 시판 제품이 편리하긴 하지만, 그중에는 단맛과 인위적인 향이 강한 제품이 많다. 반면에 생과일로 수제 청이나 잼, 퓌레를 만들어 시럽으로 사용하면 과일 특유의 향을 살릴 수 있다. 또 건강한 이미지와 직접 만든 정성이 더해져 손님들에게 좋은 인상을 주기도 한다. 무엇보다 사장의 입장에서는 많은 양을 시판용 시럽보다 훨씬 저렴한 원가로 만들 수 있으니 일석삼조다.

나는 평균적으로 딸기 3kg을 9,000원 정도에 구매했다. 꼭지를 제거하고 세척하면 대략 2.5kg이다. 여기에 1kg에

1,600원짜리 설탕 2kg을 넣고 졸여 만든 퓌레를 시럽 대신 사용했다. 총 12,200원으로 4.5kg의 딸기 시럽을 만든 것이다.

이보다 원가를 더 낮추는 방법도 있다. 보통 사람들과 달리 영업집은 구매 수량이 많고, 거의 매일 장을 보기 때문에 가게 사장님들과 안면을 트다 보면 더 할인된 가격으로 구매할 수가 있다. 그리고 시장의 과일 가게들은 대부분 표면이 상한 과일들을 따로 보관해두는데, 외관만 손상된 것은 잼이나 퓌레를 만들면 되니 직접 물어보면 정말 저렴한 가격으로 '득템' 할 수도 있다.

♦ 기타 재료

일반적으로 인터넷을 통해 구매하는 제품들도 부지런하게 발품을 팔다 보면 더 좋은 질에 더 저렴한 가격으로 구매할 수 있다. 토스트 메뉴가 시그니처 디저트 메뉴여서 식빵도 매일같이 구매하는 원재료였는데, 다른 카페들을 보니 주로 인터넷을 통해 식빵을 주문했다. 인터넷으로 사는 식빵은 냉장·냉동이라 맛도 별론데 완제품이라는 이유로 가격이 비쌌다. 그래서 근처 빵집 몇 군데를 돌아보았다. 훨씬 풍미가 좋고 부드러운 식빵들이 많았고, 가격도 저렴했다. 맛과 가격을 비교한 뒤 가장 적합한 빵집의 사장님과 이야기해 매일 저녁 8시 전까지 필요한 수량을 말해주면 그 다음 날 아침까지 준비해주겠다고 하셨다. 매일 저녁 주문을 넣고, 매일 아침 찾아가야 하는 수고로움은 있었지만, 덕분에 내가 구상한 대로 보기에도 좋고 맛도 좋은 우리 카페만의 토스트를 손님들에게 제공할 수 있었다.

그 외의 달걀, 허브, 시리얼 등의 재료도 근처 마트에서 배송시키기보다는 조금 불편하더라도 직접 가서 구매했다. 직접 가서 구매하면 5,000원짜리 달걀 한 판도 3,000원에 사고, 인터넷에서 2만 원이 넘는 허브 화분도 만 2,000원에 살 수 있다.

가게에 필요한 모든 것을 손가락으로 몇 번 터치해서 끝내지 말고, 비록 헛걸음할지라도 일단 한번 둘러보자. 그러면 지금까지 인터넷이나 전화로 식자재들을 구매했던 것이 몹시도 후회스러울 것이다.

내 몸이 조금 귀찮으면, 내가 한 시간만 더 일찍 일어나면 손님들에게 더 좋은 상품을 제공할 수 있었고, 원가도 줄일 수 있었다. 어떤 사람들은 너의 노동력과 시간도 생각해야 하지 않겠냐고 말했지만, 나는 재료를 구매하기 위한 발품은 인건비로 계산하지 않아야 한다고 생각한다. 점점 더 경쟁이 치열해지는 가운데, 그것이 귀찮고 시간 아깝게 느껴진다면 아예 창업을 다시 생각해봐야 하는 건 아닐까?

그리고 발품을 팔면 얻게 될 이득이 또 있다. 일본 유명 사업가의 《장사의 신》에서도 강조되었던 부분인데, 주변 상인들에게 물건을 구매하다 보면 그들 또한 나의 손님이 될 수 있다는 점이다. 예를 들어 내가 자주 거래해온 가게의 사장님들은 커피 한잔이 생각날 때 '이왕 마실 거면 우리 거래처에 가서 팔아주자'라는 마음이 자연스럽게 들 수 있는 것이다.

실제로 빵집 사장님과는 어느새 서로 단골이 되었다. 퇴근하신 사장님은 종종 근처인 우리 카페에 와서 커피를 드셨고, 나는 사장님이 만든 우유식빵으로 토스트를 만들어 서비스했다. 그리고 그 다음 날에 식빵을 가지러 가면 사장님은 어김없이 내가 좋아하는 찹쌀도넛을 두세 개 함께 넣어주셨다. 가게에 도착해 식빵을 정리하다가 도넛을 발견

하면 배시시 웃음이 났다. 서로 도우며 정을 주고받는 것까지 발품이 지닌 장점 중 하나였다.

/ 일손이 필요 없는 시스템 /

원재료비는 매출에 비례하는 반면 인건비는 그렇지 않다. 예상과 달리 장사가 안되면 재료는 그만큼 소모되지 않는다. 하지만 인건비는 그럴 수가 없다. 손님 없으니 오늘은 나오지 말라거나, 지금 바로 퇴근하라고 하면 직원은 금세 그만둘 것이다.

나도 이런 딜레마에 빠졌었다. 오픈하고 2년 차부터 매달 매출이 올라 일손이 갈수록 부족해졌다. 하지만 크게 상승한 인건비를 생각하면 직원을 고용하기도 참 부담스러웠다.

개인적으로는 섣불리 고용을 결정하기보다는 '시스템'을

먼저 체크하는 것을 추천한다. 카페는 식당이나 주점과 달리 주문한 메뉴가 손님에게 서빙되고 나면 추가적인 요청이 거의 없다. 대부분 직원을 고용하는 이유는 음료를 제조하는 주방일 때문이다. 따라서 제조 시간을 단축할 수 있는 효율적인 주방 시스템을 구축하면 직원을 고용하지 않아도 될지 모른다. 프랜차이즈 카페와 달리 개인 카페는 주방 내 시스템이 효율적이지 않은 경우가 많다. 보통 사장이 모든 일을 하기 때문에 자기 손에 익은 일을 굳이 시스템화할 필요성을 못 느끼기 때문이다.

시스템을 갖추는 것은 어렵지 않다. 주방 시설의 배치와 동선들을 다시 한번 확인해보는 작업부터 시작하면 된다. 주방 시설을 오픈 전에 처음 세팅한 이후로 다시 배치해본 적이 없다면 그건 아무래도 문제가 있다고 봐야 한다. 실제로 해보면 설계랑은 다를 수밖에 없기 때문에 운영하다 보면 동선의 불편함을 느끼고, 자기 몸에 맞는 최적화된 동선에 따라 배치를 여러 번 바꾸게 되는 것이 보통이다. 크게는 커피 머신, 제빙기, 오븐과 같은 기계들, 작게는 시럽통, 스푼, 빨대, 냅킨까지 재배치하여 주방 내 움직임을 최소화하는 동선을 찾아내야 한다. 그러면 정말 효과적으로 제조 시간을 단축할 수 있다.

또 하나의 방법은 밑 작업을 미리미리 잘해놓는 것이다. 이건 사실 기본 중의 기본인데 잘 지키지 않는 카페들이 많다. 식당 같은 경우에는 재료 손질 작업을 미리미리 해두지 않으면 영업 자체가 어려운 데 반해, 카페는 시간이 조금 더 걸릴 뿐 영업이 어려울 정도는 아니라서 게을리하게 되는 것이다.

아르바이트를 해본 사람이라면 누구나 앞 타임 아르바이트생이 재료 준비를 잘 안 해놓아서 고생했던 경험이 있을 것이다. 한 개인 카페에서 아르바이트를 했을 때, 사장님이 출근도 잘 안 하고 재료 구매도 손질도 전혀 안 해놓았었다. '아르바이트생들이 알아서 잘하겠지'라는 생각으로 준비를 소홀히 한 것이다. 생과일주스의 과일은 검은 봉지에 담겨 냉장고 구석에 방치돼 썩어버리기 일쑤였다. 빙수 재료가 없어서 중간에 재료를 사러 뛰어갔다 오기도 하고, 휘핑크림이 없는 것을 나중에 알아서 손님에게 양해를 구하고 주문을 변경하기도 했다. 당연히 주방은 아수라장에, 컴플레인이 들어오는 건 일상이었다. 이런 문제로 그만두겠다고 말했더니, 사장님은 중간 타임에 아르바이트생을 한 명 더 구해준다며 나를 붙잡았다. 하지만 흔들리지 않았다. 이것은 사람이 부족한 문제가 아니었기 때문이다.

바빠질 무렵부터 하루도 빼놓지 않고 재료를 미리미리 밑 작업 해두었다. 생과일을 사용하는 메뉴가 많아서 음료별, 디저트별로 하루 예상 판매량을 작업해놓고, 주문이 들어오면 토핑만 하면 되게끔 했다. 밀크티와 딸기 라테, 수박 주스와 같이 인기 있는 메뉴들은 5~10잔 정도의 양을 미리 만들어 소독한 병에 담아두었다. 주문이 들어오면 잔에 부어 데커레이션만 하면 됐기 때문에 시간이 절반은 넘게 줄어들었다. 이렇게 작업 단계와 시간을 줄여놓으니 손님이 몰려도 일손이 크게 필요하지 않았다.

주방의 시스템이 잘 갖추어지지 않으면 '나 홀로'에서 벗어나 직원을 고용해도 그 노동력을 효과적으로 사용하기가 어렵다. 따라서 일손의 필요성을 느낀다면 구인 사이트에 들어가기 전에 내 주방을 먼저 들여다보자.

/ 8장 /

장사가 잘되면 끝인 줄 알았지?

/ 경쟁은 끝나지 않는다 /

어느 월요일 오후, 한가한 시간대에 모델같이 훤칠한 남성 두 명이 우리 카페를 방문했다. 참 특이하다고 생각했다. 우리 카페는 20~30대 여성들이 주 타깃이라 남자 손님은 거의 여자 친구를 따라온 사람들뿐이었기 때문이다. 뭔가 느낌이 쎄했다. 그들은 마치 기록을 남기듯이 가게 인테리어를 엄청난 속도로 촬영했다. 그러더니 대뜸 이 근처에 과일을 싸게 살만한 곳이 있는지를 물어왔다. 너무나도 쎄했다.

그리고 얼마 후, 단골손님 한 분이 나를 붙잡고 낮은 목소리로 말했다.

"바로 저쪽에 잘생긴 남자 두 명이 새로 카페 오픈한 거 알아요?"

나는 당황스러움을 감추고 아닐 거라고 대답했다. 어리긴 해도 이 자리를 어언 3년 동안 지키고 있는 사장으로서 주변 상인들과 잘 알고 지냈다. 근처 부동산 업자는 분명 그 자리를 40대 중년 부부가 인수했다고 말했었다. 또다시 쎄한 느낌이 들어 발 빠르게 알아보니 그 카페의 진짜 사장은 40대 중년 부부가 맞고, 저번에 우리 카페에 왔던 그 훤칠한 두 명은 '무늬만 사장'이었다. 여자 손님들을 끌어모으기 위해 젊은 남성 둘을 사장처럼 앞에 세운 것이었다. 모델같이 훤칠했던 그 둘은 실제로 모델이었다.

'그래 봤자 카페에 대해 1도 모르는 너희가 얼마나 잘하겠나' 싶었지만, 현실은 냉정했다. 곧바로 매출이 줄어들기 시작한 것이다. 주말은 원래 만석이 기본이었는데 그날 이후로는 토요일 오후에도 참으로 한가했다. 매장이 고요해서 손님들의 대화 소리가 또렷하게 들릴 정도였다.

"저기 새로 생긴 카페, 사장 두 명 다 엄청 잘생겼대. 담엔 저기 가보자."

'손님……. 그들은 무늬만 사장이고요, 진짜 사장은 따로 있습니다. 우리 카페에도 말도 없이 와서는 이것저것 캐내다가 갔다고요……. 으허헝.'

아무리 속으로 소리쳐본들 그게 다 무슨 소용인가. 반칙도 아니고, 불법도 아니고. 그들이 진짜 사장이 아니라는 것은 손님들에게 요만큼도 중요하지 않았다. 손님들에게 중

요한 것은 그들이 미남이라는 사실이었고, 나는 그저 홀로 얄미워하며 뒷목 잡을 뿐이었다.

경쟁 상대는 그들뿐만이 아니었다. 그제야 부랴부랴 주변을 둘러보았다. 장사를 하다 보면 생활 반경이 '시장→카페→집'으로 엄청나게 좁아진다. 매일 다니는 길로만 다니니 주변에 뭐가 사라지고 뭐가 새로 생겼는지를 잘 모른다. 몇 달 전까지만 해도 20대 여성들을 타깃으로 한 감성 카페는 오직 우리 카페 하나였는데, 내가 모르는 사이에 상권이 변하고 있었다. 젊은 사장님들의 개성이 담긴 아기자기하고 예쁜 카페들이 조금씩 생겨나고 있었다. 카페 거리 상권으로 원래부터 카페가 즐비하긴 했지만, 나와 콘셉트와 타깃이 같은 카페는 없었기 때문에 경쟁의식을 느끼지 못했었다. 이제부터 진짜 경쟁이 시작된 것이었다.

장사가 잘되면 더 이상 신경 쓸 일이 별로 없을 것이라 생각했다. 스트레스도 줄고, 행복해질 거라고만 생각했는데 이는 참으로 순진한 생각이었다. 고민의 종류만 달라질 뿐, 고민 없는 사장의 삶 같은 건 없었다.

나는 어느새 이 상권에서 하나의 성공 사례로 꼽혔고, 가능성을 본 젊은 청년들이 나를 따라 하나둘 가게를 열었다. 창업에 도전하는 입장에서 정상에 깃발만 꽂으면 끝일 거라고 생각했는데, 방어전을 치르는 챔피언이 되어 있었던 것이다. 엉금엉금 기어 성장하던 때에 느꼈던 경쟁이랑은 또 달랐다.

어느 한 상권에 새로운 모델이 등장해 성공을 거두면 근처에 같은 업종, 같은 콘셉트의 가게들이 들어선다. 그리고 서서히 하나둘 망해가다 상권 전체가 무너져내린다. 뉴스에서만 보았던 이야긴데, 내가 그 주인공이 될 것이라 생각하니 아찔했다. 굴러온 돌들에게 자리를 내줄 수는 없었다.

그렇게 '고생 끝, 행복 시작'이라는 야무진 꿈을 접고, 나는 또다시 전투태세에 돌입했다.

새로 생긴 카페들을 염탐하는 일은 그만두고, 미남 사장들도 그만 미워하고, 오로지 내 카페에만 집중했다. 주변을 의식하면 마음만 불안해지고 집중력이 흐트러진다. 예전처럼 뒤돌아보지 말고 앞만 보고 달려야 했다. 신메뉴를 더욱 공들여 개발하고, 인테리어에 변화를 주고, 손님들과 소통하는 데에 힘썼다. 내가 지금까지 해온 방법 그대로 노력하면서 불안한 마음을 숨기고 여유 있는 척 의연하게 행동했다. 단골손님들은 눈에 띄게 휑해진 매장을 보고 내가 가여웠는지 미남 사장들 카페에 대한 정보를 알려주곤 했지만, 그럴 때마다 전혀 신경 안 쓰는 척 웃었다. 이제는 신경 안 쓰는 척, 있어 보이는 척 하는 것도 내 숙제였다.

미남 사장들의 카페는 아무래도 '오픈빨'이었나 보다. 아니면 나 아닌 누군가가 그들이 사장이 아니라는 사실을 소문낸 것인지도 모르겠다. 아무튼 그 카페는 오픈한 달 이후로 점점 한산해졌다. 다른 청년 사장들의 카페들도 오래 지나지 않아 하나둘씩 문을 닫았다. 그리고 우리 카페는 그

다음 달부터 다시 매출이 회복되었고, 그 다다음 달부터는 매출이 상승세를 탔다.

'휴……' 하고 한숨을 내쉬었다. '해냈다', '살아남았다'는 생각이 들었다. 그런데 기쁘지가 않았다. 내뱉은 한숨은 안도의 한숨이 아니었다. 앞으로 이런 일은 잊을 만하면 반복될 것이다. 그리고 언젠간 나도 지칠 것이고, 그때는 살아남지 못할 수도 있다. 울컥한 마음이 들었다. '난 언제까지 이렇게 쫓겨야 할까?' 장사가 안될 때 '난 언제쯤 마이너스를 벗어날 수 있을까?' 하며 느꼈던 것과는 다른 종류의 막막함이었다. 환상을 좇다가 환상의 진짜 모습을 본 듯한 허무함이랄까. 억울함도 있었다. '이렇게 고생을 했는데 편할 틈이 한순간도 없는 거야?' 레드오션의 매운맛을 제대로 경험했다고 생각했는데 경쟁에서 승리해도 매일매일이 '빨간 맛'이었다.

나의 억울함만이 아니었다. 자영업자는 왜 이렇게 힘들어야만 할까. 얄밉던 미남 사장들도, 다른 청년 사장들도 안타깝게 느껴졌다. 불과 몇 주 전만 해도 그렇게 눈에 불을 켜고 경쟁했건만, 생각해보면 그들의 처지도 나와 비슷했을 것이다. 원래 카페 사장이 꿈인 사람도 있었겠지만, 그들 중 대부분이 취업에 대한 막막함, 직장 생활에 대한 회의감 때문에 장사를 택했을 것이다. 이런 현실만 아니었다면 우리가 서로를 짓밟고 올라서기 위해 염탐하거나 미워할 일도 없지 않았을까.

나 역시 누군가에게는 침략자나 다름없었다. 불과 3년 전만 해도 10명이 넘는 카페 사장님들 중 신입이었던 나는 어느새 4번째 고참이 되었다. 이 자리는 그냥 만들어진 것이 아니라 많은 이들의 자리를 빼앗으면서 얻은 자리다. 가끔씩 다른 카페의 사장님들이 안 보는 척 우리 카페를 염탐하면서 지나가거나, 때로는 대놓고 앞에서 얼쩡거리며 매장 안을 바라보기도 했다. 몹시도 쪼잔하다고 느꼈었다. 그래서 내가 그들의 가게를 지나가는 일이 생기면 일부러 고개를 빳빳하게 들고 지나갔다.

그런데 미남 사장들 일을 겪으니, 기존에 있던 카페의 사장님들은 내가 얼마나 미웠을까 싶다. 그들도 내가 겪었던 것처럼 자신의 매장에서 손님들이 우리 카페에 대해 귀띔해줬을 수도 있겠다는 생각을 하니, 그들에 대한 적대감이 눈 녹듯 사라졌다. 언젠가부터 나는 그들의 카페를 지나갈 때마다 일부러 고개를 돌렸다. 괜히 먼 산을 보고, 땅을 쳐다봤다. 왠지 미안한 마음이 들어서다.

하지만 나도 살아야 하니, 미안하다고 해서 가만히 있을 수도 없는 노릇이다. 자영업자들은 원하지 않아도 늘 서로를 적으로 생각하고 경계하면서 살아야 하는 가엾은 사람들이다.

/ 정체된 매출을 마주하는 방법 /

오픈을 준비하던 당시 예상 매출은 일 매출 20만 원이었다. 하지만 개뿔. 첫날 매출 2만 원대로, 호기롭게 20만 원을 목표로 삼던 나는 이 가게를 닫는 그 날까지 20만 원을 팔아볼 수나 있을지 고민이었다.

오픈한 지 한 달 조금 안 되었을 무렵, 지인 중에 일명 '장사의 신'으로 불리는 사람이 나를 격려하기 위해 방문했다. "과연 20만 원을 팔 수 있을까?" 나의 걱정에 지인은

"20만 원은 무슨, 평균 30만 원은 팔아야지. 이 정도 매장에 이 가격대면 100만 원도 팔 수 있겠다"라고 말했다. '뭐라고? 30만 원도 모자라 100만 원이라니…….' 나에게는 그 말이 응원은커녕 놀리는 것 같이 들렸다.

그로부터 2년 후, 하루 종일 커피 한 모금도 못 마시고, 화장실도 한 번 가지 못했던 그 날, 마감 후 밀린 설거지를 마치고서야 드디어 매출을 확인했는데 이럴 수가.

'1,200,000원'

포스기에 찍힌 숫자에 숨이 멈췄다. 그리고 멍하니 포스기 앞에서 꽤 오랜 시간을 보냈다. 나는 2년이 지나서야 그 지인이 나를 놀리거나 응원으로 빈말을 한 게 아니라는 것을 알았다.

몹시도 기쁘고 뿌듯했지만, 부작용이 있었다. 인간의 욕심은 끝이 없는 법. 특히 돈 앞에서는 더하다. 나는 안 그런 사람일 줄 알았는데, 어느새 나는 130만 원을 팔고 싶어 했다. 하지만 아무리 해도 120만 원을 뛰어넘기는 어려웠다.

매출은 끝없이 오르지 않고, 반드시 정체기가 온다. 거기에는 여러 가지 이유가 있지만, 특별하게 외부적인 이유가 없다면 지금의 시스템에서 성장할 수 있는 최대치에 달한 것이라고 볼 수 있다. 특히 한정된 공간에서 한정된 시간 동안 영업을 하는 자영업은 그 한계가 더 명확하며 빨리 찾아온다. 그렇다면 선택지는 두 가지다. '그것에 만족하고 유지'하느냐, 아니면 '새로운 돌파구를 모색'하느냐. 대부분은 후자를 선택한다.

보통 어떤 사업이든 처음 시작하면 매출이 마이너스거나 유지만 하는 수준이다. 그러다 조금씩 성장해서 10만 원의 순수익에 감동하고, 200만 원 정도의 직장인 월급을 손에 넣으면서 행복해한다. 그리고 점점 300만 원이 벌고 싶고, 400만 원이 벌고 싶고, 1,000만 원을 벌고도 뭔가 아쉽게 느껴진다. 나만 그런 줄 알았는데 다른 지인들과 이야기를 나눠보니 모두가 한마음이었다.

돈에 대한 욕심 때문도 있지만, 기본적으로 도전할 목표가 없으면 조금 느슨해지기 마련이다. 나는 사업가라면 늘 스스로 목표를 설정해 계속해서 도전해야 한다고 생각한다. 사장에게 있어 지금 상태를 유지한다는 것은 현재에 안주한다는 말과 같다. 직장에서는 하던 대로만 해도 비슷한 평가를 받지만, 사업에서는 '열심히'가 디폴트값이다. 거기서 남들보다 조금이라도 더 악착같아야 매출이 오르는 것이다.

손님들은 쉽게 권태감을 느낀다. 그것을 알기 때문에 새로운 가게들이 쉬지 않고 생겨나며 부단히 새로운 것들을 내놓는다. 그러면 손님들은 이곳이 최고라고 '엄지 척'을 하다가도 금세 새로운 곳으로 우르르 몰려간다. 그들을 붙잡기 위해서라도 또 다른 돌파구가 필요했다. 미남 사장들의 등장으로 한차례 매출 급하락을 맛본 나로서는, 플랜B의 필요성을 절실히 느끼고 있었다.

우리 카페의 크나큰 단점은 2층이라 테이크아웃 주문이 없다는 것이었는데, 이것은 카페로서 엄청난 치명타다. 아무리 SNS에서 유명한 카페여도, 1층에 카페들이 들어선 카페 거리 상권에서 굳이 2층까지 올라와 테이크아웃을 하도록 유도하기는 어렵다. 또한 테이크아웃으로서는 매력적인 가격이 아니기도 했다. 그래서 우리 카페만의 경쟁력 있는 테이크아웃 상품을 개발하고자 했다. 매장에서 판매하는 보틀 음료와 보틀 디저트를 예쁜 패키지의 테이크아웃 상품으로 구성했다. 병부터 스티커, 포장 패키지 디자인까지 다 직접 제작해 SNS 계정에도 많이 홍보했다.

그런데 생각과는 달리 반응이 별로였다. 정확히 말하면 별로였다기보다는 내가 기대했던 반응과는 많이 달랐다. 근처에 생딸기 보틀 우유를 파는 곳이 없어 손님들이 찾아오긴 했는데, 모두 매장에서 먹고 가는 손님들뿐이었다. 판매량이 좋긴 했으나 테이크아웃 주문이 아니니 매출 측면에서는 별 효과가 없었다. 물론 생딸기 보틀 우유가 단가가 높아 매출에 아예 도움이 안 된 것은 아니지만, 돌파구라고 하기엔 매우 민망한 성적이었다.

실패의 원인을 분석해보았다. 우리 카페는 2층이라 테이크아웃 주문이 없지만 그만큼 소란스럽지 않은, 아늑하고 조용한 느낌이 큰 장점이었다. 분리된 공간과 독특한 인테리어까지, 계단을 올라와 문을 열면 다른 세계가 펼쳐지는 듯한 느낌이 매력적인 공간이었다. 조용히 나의 시간에 집중하기에, 지인과 깊은 대화를 나누기에, 앞면과 옆면이 통유리라 경치를 감상하기에 무척 좋았다. 조금 더 비싼 값을 내더라도 각자의 온전한 시간을 즐기기 위해 찾아오고 싶을 만한 카페였다.

보틀 음료와 보틀 디저트는 분명 젊은 층에게 인기 있는 아이템이다. 하지만 그것을 테이크아웃 상품으로 기획하기에는 우리 카페의 특성, 우리 카페의 목적에 어울리지 않았다. 이 공간은 느긋한 시간을 보내며 일상의 작은 사치를 즐기고, '인생 샷'을 건지며 까르르 기뻐하는 손님들을 위한 곳이었는데, 나는 그들에게 포장해서 가라며 등을 떠밀려고 한 것이나 다름없었다. 한마디로 우리 카페의 초심인 '콘셉트'를 잃어버리고 만 것이었다.

가게의 콘셉트만 잃게 된 것이 아니었다. 나는 수고롭게 2층까지 올라와 주는 손님들에게 감사하지 못하고, 그들을 돈으로 보기 시작했다. 나에게 손님은 '은인' 같은 존재였다. 장사가 안될 때 그분들의 한 잔 한 잔으로 월세를 내며 버틸 수 있었다. SNS에 소문이 나면서 굳이 먼 길을 찾아와 준 그들이 무척이나 고마웠다. 가게가 무너질 만큼 매장 안이 손님들로 가득 찼을 때는 너무나 큰 사랑에 감동했다. 그런데 그 감사한 얼굴들을 나는 어느샌가부터 숫자로 보고 있었던 것이다. 내가 이렇게 변했는데 손님들이 어떻게

이 공간을 사랑해줄 수 있을까.

나는 돌파구를 찾는 게 아니라 탐욕을 부렸고, 그 탐욕에 눈이 멀어 절대 흔들려서는 안 되는 중요한 것들을 뒤흔들었다. 초심을 잃은 내 모습이 부끄러워, 구매해둔 병을 다 소진하자마자 바로 테이크아웃 상품을 메뉴에서 없애버렸다.

실패로 돌아간 돌파구였지만, 그보다 더 중요한 것을 배웠다. 절실한 마음으로 창업 후 진짜 창업 준비를 하던 때, 나는 콘셉트와 타깃의 중요성에 공감했고 많은 고민 끝에 어렵게 우리 카페의 콘셉트와 타깃을 정했다. 그때의 간절함을 다시 한번 깨닫게 되면서 테이크아웃이나 매출은 머릿속에서 지웠다. 그것이 나의 초심을 되찾을 방법이었다.

콘셉트에 맞게 인테리어에 변화를 줄 수는 없을지 궁리하며 조금 더 대화에 집중하기 좋도록 스피커를 교체하고, 이곳에서만 즐길 수 있는 메뉴를 위해 더 많은 시간을 들여 고민했다. 그러자 매출이 오르기 시작했다. 그리고 3년 차가 되던 해, 나는 다시 포스기 앞에 멍하니 서 있었다.

'1,400,000원'

한 우물만 파다 보니 나도 모르는 사이에 돌파구가 열렸다. 가게의 콘셉트, 사장의 초심을 지키는 것이 그 어떤 새로운 전략보다 효과적인 전략이었던 것이다.

/ 커피 맛보다 먼저 지켜야 하는 것 /

작은 가게들, 특히 동네 상권의 작은 가게들을 찾아오는 손님들은 연령대가 넓어 취향이 유독 제각각이다. 우리 카페는 검색해서 찾아오는 손님들이 대다수다 보니 보통 어떤 메뉴가 있는지 알고 있고, 심지어 무엇을 먹을지 이미 다 정해서 방문하기도 한다. 그런데 가끔 중년 손님들은 평범한 동네 카페를 예상하고 찾아오는 경우가 있다. 이분들 입장에서는 '여기가 카페야 뭐야' 싶고, 인테리어부터 메뉴까지 다소 낯설게 느껴질 수밖에 없다. 그래서 여느 카페들과는 다른 메뉴에 당황해하고 없는 것들을 찾는다. 상권 자체가 주거상권이기 때문에 이런 일이 꽤 잦았다. 그러다 손님이 없어 한숨이 나오는 날 그런 손님을 맞으면 '아…… 구비해놔야 하는 걸까' 하고 고민에 빠졌었다.

주변에 이야기해보면 다른 업종들도 비슷했다. 수제 맥주 전문점에 가서 왜 술집에 소주가 없냐고 한다든가, 유명 짬뽕 전문점에서 손님들이 자꾸 자장면을 팔라고 한다든가……. 다들 비슷한 고민을 하고 있었다. 그리고 그런 손님들은 꼭 이 한마디를 덧붙인다고 한다.

"동네에서는 그러면 안 돼!"

그렇게 대부분의 가게들이 걱정되고 불안한 마음에 메뉴판에 하나둘 뭔가를 추가하기 시작한다. 그런데 이건 메뉴 하나 더 추가하고 레시피 하나 더 익히는 정도의 단순한 문제가 아니다. 잘못하면 가게의 모든 것들이 흔들릴 수 있다. 일단 관리해야 하는 재고 수부터가 늘어난다. 주방도 전보다 복잡해지며, 가게의 콘셉트는 무너진다.

중년 손님들은 주로 쿠키 같은 저렴하고 부담 없는 사이드 메뉴를 찾으며, 여름에는 꼭 빙수를 찾는다. 하지만 손님들의 요구에도 내가 쿠키나 빙수를 메뉴에 넣지 않은 이유는 우리 카페의 콘셉트와 타깃에 맞지 않아서다. 쿠키는 디저트에 빠삭한 젊은 여성들에게 별로 임팩트가 없고, 빙수는 유행이 지난 아이템이다. 만약 메뉴판에 추가했으면 개성 있는 작은 카페가 아니라 그냥 프랜차이즈 카페같이 잡다한 느낌이었을 것이다.

위에서 말한 짬뽕집 사장님이 메뉴에 자장면을 추가했으면 과연 어떻게 되었을까? 자장면을 먹고 싶은 사람들을 만족시킬 수는 있었겠지만, 짬뽕 전문점이라는 이미지는 추락했을 것이다. 그리고 진짜 제대로 된 짬뽕을 먹기 위해 그곳을 방문하던 사람들은 하나둘 떠나가게 되었을 것이다.

손님들이 던지는 한마디에 사장들은 예민하게 반응할 수밖에 없다. 하지만 모든 사람들이 내 가게의 손님일 수는 없다. 따라서 포기할 매출은 과감하게 포기해야 하는 것이 맞다. 작은 것들을 놓치지 않으려고 모든 걸 챙기려 하는 순간 힘들게 쌓아 올린 가게가 흔들리고 만다. 흔들리는 가게에서 손님들이 안정감을 느낄 수는 없는 노릇이다.

손님들의 취향은 셀 수 없이 다양하다. 그래서 작은 가게가 자신들만의 콘셉트를 지키는 것은 정말 어려운 일이다.

하지만 그렇기 때문에 더더욱 끝까지 지켜야 살아남을 수 있다. 어쩌면 카페가 커피 맛보다도 먼저 지켜야 하는 것은 콘셉트일지도 모른다.

/ 자영업자의 가장 큰 재산 /

사장이 되기 전 마지막으로 아르바이트했던 카페에서는 늘 나 혼자 일했고, 앞 타임을 맡은 사장님과 교대하는 형식이었다. 집에 들어가시냐고 인사할 때마다 사장님은 집보다 병원에 간다고 하는 날이 더 많았다. '아직 젊으신데 어디가 그렇게 아프신 걸까' 싶어 심각한 얼굴로 물어보면 사장님은 딱히 그런 건 아니고, 그냥 온몸이 종합병원이라고 말하며 웃을 뿐이었다.

그 말에 갸우뚱하던 나는, 그때의 사장님과 똑같은 길을 걷게 되었다. 자영업자 3년 차 27살에 온몸이 아파 골골대기 시작한 것이다. 자영업 중에서도 외식업에 종사하면 남들 밥 먹을 때, 남들 술 마실 때, 그리고 남들 커피 마실 때 일해야 한다. 한마디로 규칙적인 식습관이 불가능하다. 특히나 카페는 브레이크 타임이라는 게 없어서 눈치 게임으로 적당히 끼니를 때워야 하는데, 한가해서 뭐 좀 먹으려고 하면 이상하게 손님들이 몰려든다. 그래서 밀린 주문을 모두 끝내고 대충 뒷정리를 하고 나면 음식은 차갑게 식거나 퉁퉁 불어 있기 일쑤였다. '돈 벌면 뭐 하나…….' 밥 하나 마음 편히 먹지 못하는 씁쓸함에 입맛을 잃고, 마감 후 늦은 밤이 되어서야 눈치 볼 일 없이 당당하게 한 끼를 먹었다. 이런 날들이 계속되다 보니 위장이 성할 리가 없었다.

사실 꽤 오래전부터 증상을 느끼고 있었다. 하지만 의료보험의 혜택으로 몇천 원밖에 안 되는 진료비조차도 그 당시에는 무척이나 부담되었었다. 그래서 3년 차가 되어 운영이 안정되었을 때야 비로소 처음으로 병원에 갔다. 몇 가지 간단한 검사를 마친 의사 선생님은 내시경을 하길 권했다. 스스로도 느낄 만큼 소화 기관이 불편했던지라 담담히 응했다. 그런데 웬걸. 아무 이상 없이 너무나도 깨끗해서 의사 선생님도 당황해할 정도였다. 검사 결과를 이야기하며 증상이 언제부터 시작된 것인지에 대해 가만히 듣던 의사 선생님은 그제야 뭔가를 알았다는 듯이 고개를 끄덕거렸다.

"기를 당겨 쓰셨군요. 젊으셔서 버틴 거예요."

내게는 어떤 병이 생긴 것이 아니었다. 온몸의 기를 다 당겨 써서 면역력 저하로 인해 '노화'가 온 것이었다. 언젠가 겪을 일임은 알았지만, 27살에 벌써 노화라니……. 병원을 나온 나는 암 선고를 받기라도 한 것처럼 터덜터덜 걸어갔다.

내과에서의 충격은 시작에 불과했다. 어느 날부터 매장 문을 열고 들어오는 손님들의 얼굴이 흐릿하게 보였다. 안과에 갔더니 내과에서 한 말과 같은 말을 들었다. 면역력이 떨어지면 눈에도 노화가 온다는 말이었다. 몸이 튼튼하진 않지만, 시력 하나는 자신 있었는데 그마저도 잃게 되었다.

거기서 끝이 아니었다. 언제부턴가 온몸이 가렵기 시작했다. 그냥 벌레에 물렸나 보다 했는데 날이 갈수록 심해졌다. 하루는 긁다 긁다 너무 심해서 거울을 봤는데 온몸이 벌겋게 부어 있었다. 응급실로 달려가니 역시 또 면역력 저하로 인한 만성 두드러기였다.

창업하고 내 삶을 가득 채운 공포와 불안을 정신력으로 버텼다고 생각했는데, 사실 버틸 수 있게 해준 건 정신력이 아니라 몸이었다. 내 몸은 힘들다는 소리 없이 묵묵하다가 숨통이 조금 트이자 그때서야 티를 냈다.

어느새 나는 일상에서 불편함을 느낄 정도로 몸이 많이 약해져 있었다. 가게에서 온 힘을 300% 끌어올린 뒤 번아웃 상태가 되면 아무 일도 할 수가 없었다.

언젠가 미친 듯이 달리고 싶어도 그럴 수 없는 날이 올 것이라고 생각하니, 이 젊음과 건강이 무척이나 소중하게 느껴졌다. 지금이라도 내 몸을 아껴주고 싶었다.

작은 가게 사장들의 가장 큰 재산은 자신의 '몸'이다. 작은 가게들이 살아남을 수 있는 이유 중 하나는 사장이 혼자서 두세 명의 몫을 해내기 때문이다. 이것은 인건비 문제만이 아니라, 사장은 곧 그 가게 자체가 되어 모든 일을 신경 써야 하는 사람이라서 그렇다.

실제로 자영업 폐업의 이유 중 매출 부진 다음으로 가장 많은 비율을 차지하는 것이 '건강 악화'다. 나를 끌어내리려고 뒤에서 달려오는 경쟁 업체들 때문이 아니라, 내 몸의 문제로 카페와 이별해야 할 수도 있다는 생각을 하니 마음이 착잡했다.

창업한 날부터 약 1년 반 동안은 3주에 하루를 쉬며 버텼다. 새벽 시장을 돌고 출근해 매장에서만 기본 12시간을 일했고, 인테리어 작업이나 메뉴 개발을 할 때는 새벽 2~3시까지 매장에 남아 있기도 했다. 일하는 시간도 그렇지만 먹는 것도 형편없었다. 매장 재고로 대충 때우거나, 그마저도 없으면 하루에 컵라면 하나만 먹을 때도 있었다.

그때 나를 보던 사업 선배들은 그렇게 지금 당장 하루 몇만 원을 아까워하면 오래 장사할 수 없다며, 길게 보라고 충고했다. 선배들이 그런 말을 할 때마다 '내 상황이 어떤지는 알까? 단지 욕심 때문이 아니라 오늘 하루 단 만 원이라도 벌어서 월세를 내야 하는 내 상황을 알까? 아끼는 게 아니라 정말 1,400원짜리 컵라면 하나 사 먹는 데에도 몇 분을 고민해야 하는 내 처지를 알까?' 싶어 고맙기는커녕 답답하기만 했다.

그런데 이제야 알았다. 그 선배들은 내 처지를 알았어도 똑같은 충고를 했을 것이다. 그 말은 내가 지금에서야 깨닫는 것처럼 그들의 경험에서 나온 진심 어린 교훈이었다.

'그때 조금만 더 나를 아껴줄 걸. 그렇게 겁내지 말고 1,400원짜리 컵라면 정도는 사 먹어도 된다고, 일주일에 하루 정도는 월세 걱정하지 말고 푹 쉬라고 해주고 싶은데…….'

하지만 그랬다고 해도 나는 아마 그때랑 똑같이 했을 것이다. 벼랑 끝에 선 상황에서 내 몸을 아꼈다면 나는 지금까지 배를 곯고 있을지도 모른다.

내시경을 받았던 그날, 나는 의사 선생님의 충고에도 불구하고 종종걸음으로 가게로 출근했다. 그날도 역시 끼니를 거르고 12시간 내내 손님을 맞으며 일을 했다.

내 몸이 재산이지만, 그 몸을 쓰지 않으면 살아갈 수 없는 딜레마. 어떤 선택이 그나마 나은 걸까? 다시 벼랑 끝에 서되 건강한 것이 나을까, 아니면 넉넉한 통장 잔고를 보며 몸이 아픈 것이 나을까. 건강하고 돈 많은 자영업자를 꿈꾸는 건 무척이나 어려운 일이었다.

/ 여전히 낭만 없는 사장의 삶 /

오픈하고 나서 약 1년 2개월 동안은 매출이 마이너스거나 겨우 유지만 하는 정도였다. 그 당시 나를 지배한 감정은 오로지 공포와 간절함 두 가지였다. 그렇게 오직 살기 위해 달려 겨우 생계의 위협에서 벗어났다. 하지만 공포는 그 모습이 조금 달라졌을 뿐 여전히 떨쳐낼 수가 없었다. 불안을 느끼기 시작한 것이다. 생존을 위협했던 공포보다는 조금 잔잔하지만, 그렇다고 해서 결코 약하지는 않은 불안이 나를 감쌌다.

남들은 인생 역전에 가까운 상황을 축하하고 부러워했지만, 예전이나 지금이나 나는 늘 쫓기는 입장이었다. 매출 100만 원, 매출 500만 원, 매출 1,000만 원……. 매출이 오를 때마다 내가 마주해야 할 일들이 달라졌다. 해결해야 하는 상황과 위협 요소들만 바뀌었을 뿐 쫓기는 건 그대로였다. 결국 통장 잔액만 달라지고, 본질적으로 나의 삶은 하나도 바뀌지 않았다. 늘 불안해하고 쫓기는 삶이야말로 자영업자의 삶 그 자체였던 것이다.

왕관을 얻기 위해서 노력하던 시기에는 왕관만 손에 쥐면 행복할 줄 알았다. 그 과정만 견디면 될 줄 알았는데, 막상 왕관을 써보니 그 무게는 내가 달려온 과정보다 훨씬 감당하기 힘들었고, 하루하루 지날수록 점점 더 무거워져만 갔다. 매출이 나아지고, 가게가 성장하면 원하는 것들을 더 많이 가질 수 있을 것이라고 생각했다. 하지만 높은 손익 분기점, 사람들의 기대감, 우리를 벤치마킹한 후발 주자들에 대한 경계 등 손에 쥐어지는 보상보다는 짊어져야 할 일들만 점점 더 늘어갔다.

또한 포기해야 할 것들이 늘어나면서 박탈감과 고독감은 더해졌다. 일주일에 딱 하루인 휴일은 손님이 가장 적은 수요일이었다. 나에게는 휴일이지만 평일에 퇴근하고 지쳐있을 친구들에게 혹시나 부담이 될까 봐 쉽게 연락할 수가 없었다. 일주일에 겨우 하루 쉬기 때문에 체력을 보충하는 것이 우선이라 외출하기 힘들었던 것도 사실이다. 지친 삶에 대한 스트레스를 친구들과의 수다로 날려버리고, 공휴일만을 손꼽아 기다리며 어디로 놀러 갈지 고민하는 20대의 흔한 일상은, 내가 포기해야 하는 일 중 하나였다.

시간적인 이유도 있지만, 또래의 친구들과는 조금 다르게 사회생활을 시작해서인지 어느 순간부터 친구들과 대화가 잘 이어지지 않았다. 친구들은 직장 생활의 고충을 털어놓았지만 내가 겪어보지 못한 세계였고, 마찬가지로 친구들도 '넌 사장이라 좋겠다'는 말만 할 뿐 장사의 고단함과 압박감을 공감해주지 못했다. "사장이라고 편하고 좋기만 한 거 아니야"라고 친구들과 실랑이해봤자 아무 의미도 없기에 나는 가만히 입을 꾹 다물었다. 어차피 사람은 자기가 경험한 것들로만 세상을 본다. 똑같이 학생이었다가 이제는 서로의 삶이 달라졌으니, 공감은 줄고 격차는 커지는 게 당연했다. 서운한 마음은 들었지만 어쩔 수 없는 일이었다. 그렇게 25살 때부터 나는 조금씩 외톨이의 삶에 익숙해져 갔다.

그 박탈감과 고독감을 이겨내기 위해 '나는 사장이니까', '내가 선택한 길이니까'라고 스스로를 세뇌했다. 그렇게 개인으로서의 행복을 포기하고, 오직 사장으로서의 삶에 충실해야만 겨우 내 가게를 지킬 수 있었다.

우리나라에서 자영업자로 살면서 과연 행복할 수 있을까? 언제부턴가 나는 이 물음에 대해 고민하는 시간이 많아졌다.

/ 어쩌다 창업, 예상치 못한 결과 /

2019년 4월의 어느 날. 140만 원이라는 역대 최고의 매출을 기록했던 그날, 나는 카페를 폐업하기로 결정했다.

카페를 창업한다고 했을 때도 주변에서 많이 말렸는데, 그만둔다고 하니 더 극심하게 말렸다. 왜 어렵게 이루어놓은 것을 스스로 무너뜨리냐는 것이었다. 정말 친한 사업 선배는 '네가 아직 어려서 잘 모르나 본데, 지금의 순수익을 직장 생활 해서 벌려면 평생 해도 힘들 수 있다'며 진지하게 훈계했다. 내 결정을 지지해주는 사람은 단 한 명도 없었다. 다들 이해하지 못했다. 하지만 구구절절 설명할 필요가 없었다. 폐업을 결정한 이유는 오직 '내 안의 문제'였기 때문이다.

언젠가 6년째 자영업자로 살아가고 있는 지인이 나에게 이런 말을 한 적이 있었다. 우리나라에서 장사를 해도 좋은 사람은 딱 셋이라고. 첫 번째는 건물주, 두 번째는 엄청난 기술과 아이템을 가진 사람, 마지막 세 번째는 진짜로 장사에 뜻이 있는 사람. 고개를 끄덕이게 하는 말이었다.

내가 제법 큰돈을 벌고, 많은 노하우를 익히고서도 가게를 그만둔 것은 바로 이것 때문이었다. 나에게는 더 이상 장사를 할 이유가 없었다. '왜' 장사를 해야 하는지 모르는 상태였다.

나는 처음에 누구보다 간절했었다. 25살에 5,000만 원이라는 돈을 겁도 없이 대출받아 장사를 시작한 만큼 나의 발뒤꿈치는 낭떠러지에 걸쳐져 있었고, 늘 겁에 질려 있었다. 그러다 하루에 손님이 단 한 명도 오지 않았던 그날, 비록 빚을 지고 폐업하게 되더라도 내가 할 수 있는 모든 것을 다 해보고 그만두겠다고 스스로와 약속했다. 처참한 현실과 이 약속이 내가 장사를 해야만 하는 이유가 되어, 포기하지 않고 여기까지 올 수 있었다. 그리고 마침내 나와 한 약속을 지키게 되었고, 동시에 장사를 해야 하는 이유도 사라지게 되었다.

카페를 운영하는 원동력이 서서히 상실되고 있음을 스스로도 느낄 수 있었다. 예전에는 버는 것 하나 없어도 지치지 않고 매일 가게 문을 열었다. 매출이 늘지 않아도 어떻게 하면 손님들을 만족시킬 수 있을지 새벽까지 연구했다. 밑바닥을 벗어나고자 하는 목표와 간절함이 있었기 때문에 가능했던 일이다. 하지만 지금의 나에게 남아 있는 건 손에 넣은 왕관을 지키려는 자존심과 주변 경쟁자들보다 조금 더 많은 노하우뿐이었다. 나에게는 더 이상 장사에 대한 꿈이나 목표, 간절함 같은 것이 없었다. 장사를 해야 하는 이유가 없는 상태에서는 스스로 그만두지 않으면 언젠간 남들에게 끌어내려질 것이 뻔했다.

많은 사람들이 나에게 왜 스스로 무너뜨리냐고 했지만, 나는 스스로 무너뜨린 게 아니라 지금의 내 것을 지키기 위해 그만둔 것이다.

결국 다시 0에서 시작하는 상황이 되었지만, 결코 후회하지 않는다. 눈물 나게 어려웠던 시기에 엄마는 줄곧 "너는 지금 돈으로도 살 수 없는 좋은 경험을 하고 있잖니. 수업료를 낸 것이라고 생각하렴" 하고 나를 다독였다. 그럴 때면 구멍이 뚫려 빗물이 들어오는 운동화를 신고 다니는 나에게 그런 말을 하는 엄마가 너무 야속했다. '꼭 수업료를 내야만 해? 조금만 덜 비참할 수는 없는 거야?'라는 말을 속으로 삼켰다.

하지만 2년 차, 3년 차, 4년 차가 될수록 온몸으로 수업료를 치른 것이 얼마나 잘한 일인지를 절실히 느낄 수 있었다. '돈 주고 살 수 없는 경험'을 통해 돈 주고 살 수 없는 자신감과 용기를 얻었고, 성실함과 겸손을 배웠다. 그리고 가장 중요한 '이유'의 가치를 깨달았다. 장사든 무슨 일이든 뜻이 있지 않으면 간절할 수 없고, 오래오래 계속해나갈 수 없다는 것을 알게 된 것이다.

뜻이 없이 어쩌다 시작한 장사는 참으로 힘들었고, 갖은 고생 끝에 성공을 손에 쥐었지만, 결국 뜻이 없어서 끝을 맞이했다.

뜻이 없으면 내 삶과 영원히 함께할 수 없다는 것. 이를 깨닫게 해준 것만으로도 창업은 나에게 가장 훌륭한 인생 수업이었다.

에필로그

"카페 창업, 하지 마세요"

카페를 운영하면서 참 많은 사람들을 만났다. 그중 유독 기억에 남는 얼굴들이 있다.

"정말 부러워요. 제 로망이 사장님처럼 이렇게 예쁜 카페 하는 거예요."

"언젠가 저도 이런 카페 하려고요. 예전에 커피를 좀 배웠거든요."

"제가 직장 다니긴 좀 그렇고…… 혼자서 작게 하기엔 아무래도 카페가 좋겠죠?"

나보다도 어린 앳된 얼굴의 학생들과 내 나이 또래의 사람들, 결혼한 지 얼마 안 되어 보이는 30대 여성들이었다.

숱하게 들은 말들이지만, 나는 그 말을 하던 사람들의 얼굴을 아주 또렷이 기억한다. 처음 그런 말을 들었을 때는 허울만 근사하고 마이너스에 허덕이는 내 상황을 알기나 할까 싶었다. 그러다 나중에는 걱정이 들었다. '정말 그분들이 그런 생각으로 창업을 하면 어쩌지?' '나처럼 어쩌다 사장이 되면 어쩌지?' '그리고 창업에 성공한다 해도 결코 여유롭고 우아한 삶이 아닌데…….' 그들이 몹시도 걱정되었다.

하지만 그 상황에서 내가 그들에게 해줄 수 있는 말이 없었다. 멋쩍은 웃음과 함께 "아, 네네. 감사합니다" 외에는 아무 말도 할 수가 없었다. 그리고 그랬던 것이 마음의 짐으로 남았다.

또한 우리 카페가 잘된 것을 보고, 카페 창업과 관련한 조언을 듣기 위해 나를 찾아오는 지인들이 있었다. 그럴 때마다 나는 그들을 말렸다. 힘든 점들을 설명하며 다시 한번 생각해보라고 했다. 그러면 대부분 심각성을 깨닫지 못하고 내 말을 한 귀로 흘리는 듯했다.

그런데 어느 날은 내 말을 듣던 한 분이 내게 언짢음을 표했다.

"아니, 본인은 이렇게 창업하고 돈 많이 벌면서 남들 보고는 왜 하지 말래요?"

너무 당황스러웠다. 힘들게 시간 내서 진심으로 말해준 건데 그런 식으로 반응하니 나도 화가 치밀었고, 속으로 '그래, 그렇게 해서 망해봐라'라는 생각까지 들었다.

하지만 시간이 지나고 곰곰이 생각해보니 '아차' 싶었다. 물론 나는 좋은 마음으로 해준 말이지만 창업을 한다고 하는 그들 입장에서는 언짢을 수밖에 없었다. 그리고 나 역시 남들이 뭐라고 하거나 말거나 창업을 했었다. 결국 모든 사람들은 남의 말을 듣지 않고 자기 뜻대로 결정한다. 그리고 정말로 창업이 그 사람의 꿈인지도 모를 일이다.

그 후로 생각을 바꾸었다. 아무리 말려도 어차피 창업하게 될 것이라면 그들이 마음가짐을 조금 더 단단히 하도록, 그리고 창업한 후에 조금 덜 힘들도록 해주자고. 내가 경험한 것들과 내가 아는 한의 이야기를 최선을 다해 해주는 것이 더 낫겠다고 생각했다. 내가 대단하게 성공한 사업가는 아니지만, 먼저 경험해본 청년 창업자로서 다른 누군가가 하지 않는 이야기를 해야 한다고 생각했다. 그저 예쁘고 잘생긴 얼굴들이 나처럼 얼룩지지 않기를 바라서였다. 어쩌면 그들이 없었다면 이 책은 나오지 않았을 것이다.

철없는 어쩌다 사장의 이야기. 찌질했던 삶의 이야기. 지인들에게조차 한 번도 한 적 없는 이야기들이다. 당연히 남들 눈에 잘나 보이고 멋져 보이고 싶었다. 하지만 사람들이 카페 창업에 대해 환상을 가지지 않기를 바라면서 내 이야기를 환상처럼 포장할 수는 없었다.

나의 진솔한 이야기들을 통해 앞으로 어떤 일에 맞닥뜨려도 덜 당황해하고, 덜 힘들어하고, 덜 울기를 바란다. 나는 그럴 수만 있다면 더할 나위 없이 행복할 것 같다.

철없는 25살의 밑바닥 탈출기

어쩌다 카페 사장

초판 1쇄 발행 2020년 6월 30일
초판 3쇄 발행 2023년 6월 16일

지은이 이세잎
펴낸이 서재필
책임편집 박우주

펴낸곳 마인드빌딩
출판신고 2018년 1월 11일 제395-2018-000009호
주소 서울시 마포구 월드컵북로 400(상암동) 5층 7호
전화 02)3153-1330 이메일 mindbuilders@naver.com

ISBN 979-11-90015-15-8 03810

• 이 도서의 국립중앙도서관 출판예정도서목록(CIP)은 서지정보유통지원시스템 홈페이지(http://seoji.nl.go.kr)와 국가자료공동목록시스템(http://www.nl.go.kr/kolisnet)에서 이용하실 수 있습니다. (CIP 제어번호 : CIP2020022596)

• 책값은 뒤표지에 있습니다.
• 잘못된 책은 구입하신 곳에서 바꿔드립니다.